너의 얼굴이 궁금해

너의 얼굴이 궁금해

오휘명 소설

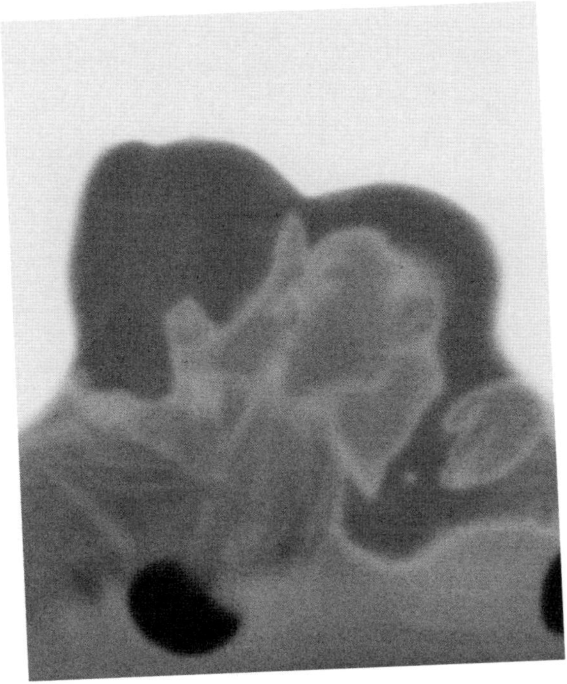

히읏

차례

너의 얼굴이 궁금해 007
작가의 말 209

일러두기

* 저자 고유의 글맛을 살리기 위해 표기와 맞춤법은 저자의 스타일을 따릅니다.
* 소설 속 사건과 등장인물은 모두 허구를 바탕으로 한 것이며 실제와 아무런 관련이 없음을 밝힙니다.

밤 열한 시 십오 분이었다. 한 여자와 한 남자가 호텔 앞에서 이야기를 나누고 있었다. 호텔 누아즈. 두 사람이 서 있는 곳 뒤에 호텔의 등급을 알리는 네 개의 별이 박혀 있다. 일반적인 목소리로는 대화가 통하지 않을 정도로 비가 퍼붓고 있어, 둘은 다소 큰 목소리로 말을 주고받았다.

"큰일이네, 다른 데는 다 방이 없다고 해서요."

"그러게요, 어쩔 수 없이 여기로 들어갈까 봐요."

"그럼 들어가요. 비가 점점 많이 와."

"그래요 그럼. 근데 쫄았어요?"

"쫄긴 누가 쫄아요 성희 씨야말로 쫄았지. 빨리 들어가요. 난 돈도 아낄 겸 방 하나만 잡고 같이 잘 수도 있어요."

"저도 그러려고 했는데요?"

두 사람이 어깨며 가방에 맺힌 물방울들을 각자 털어내며 호텔 로비로 들어선다. 아주 호화스럽지는 않지만, 검은색 스테인리스가 주를 이루는 인테리어와 대리석 바닥이 절묘하게 섞여 적당히 깔끔하고 고급스러운 이미지를 풍기는 호텔이었다. 시간이 시간인지라 로비에는 사람이 없었다. 비가 오지 않았다면 배달 음식을 주고받는 사람들이라도 있었을 텐데, 살벌할 정도로 퍼붓는 비에 모든 게 멈춰 서버린 모양이었다. 두 사람은 잠깐 눈을 마주쳤다가 서로 다른 곳을 봤다가, 무슨 농담이라도 하려는 듯이 헛웃음을 내뱉다가 결국 프런트에 다다른다. 호텔리어가 완벽에 가까운 미소로 두 사람을 맞는다.

"어서 오세요, 혹시 예약하신 고객님이십니까?"

"아뇨, 예약은 안 했어요. 생각도 못 했는데 갑자기 비가 너무 많이 와서요."

남자가 묻지도 않은 내용을 말하는 바람에 여자는 티 나지 않게 다른 곳을 보며 웃을 수밖에 없었다. 호텔리어는 그런가요, 말하면서, 능숙하게 본인 앞에 있는 키보드를 두드린다. 워크 인으로 킹사이즈 침대가 하나 있는 슈페리어 더블룸 괜찮으실까요? 두 사람이 동시에 고개를 끄덕인다. 그는 다시 웃으며 기기를 조작하더니, 누구도 주의 깊게 듣지는 않겠지만 읽어야 하기는 하는 주의사항들을 빠르지만 명료하게 설명하기 시작했다. 지금 본인이 이 두 사람의 의식 세계에서 철저히 배제되고 있다는 걸 아는지 모르는지, 그는 다정한 미소로 말을 이어가기만 했다.

한 사람이 카드키를 건네고 두 사람이 카드키를 받는다. 둘은 여전히 미소 짓고 있는 호텔리어의 오른쪽 통로로 지나가 엘리베이터 버튼을 누른다. 약간의 농담과 웃음소리, 하지만 바깥의 어수선한 빗소리에 묻혀 제대로 알아들을 수는 없는 소리들. 엘리베이터는 이내 두 사람을 태운 뒤 문을 닫고 지상으로부터 점점 더 멀어지고, 남자와 여자는 비를 핑계로 오늘 하룻밤을 함께할 것이다.

로비가 텅 빈 것을 확인한다. 비가 쏟아지고 있으므로 더 들어올 사람도 나갈 사람도 없을 것이다. 호텔리어는 완벽해 보이던 미소를 얼굴에서 지운다. 곧 너무나도 차가운 얼굴만이 거기에 남는다.

같은 시각, 호텔로부터 몇 블록 떨어진 신홍대학교 병원 곳곳에서는 많은 사람이 숨죽여 울고 있었다. 아픈 사람이 모이는 곳이어서 그랬고 하필 비가 와서 그랬고 장례식장은, 죽은 사람들이 있는 곳이어서 그랬다. 검은 옷을 입은 사람들이 분주하게 현관과 복도를 오간다. 알록달록한 것은 우산뿐이었다.

아내를 떠나보낸 중년의 남자가 이제야 한시름 놓았다는 듯 주저앉아 밥을 한술 뜨기 시작했다. 식장 안에는 자기네들끼리 술을 마시는 죽은 아내의 고교 동창들과 오래전의 직장 동료들이었다고 자신들을 소개했던 사람들뿐이었다. 차가운 편육을 씹다가 따뜻한 북엇국을 마셨다. 이제 울지는 않는다. 하지만 많이 울었던 흔적이 얼굴에 남아 있는 건 어쩔 수 없었다. 오랜 지병이 있었던 것도 아니고 걷잡을 수 없는 우울이 있었던 것도 아니고, 하루아침에 돌연히 본인의 옆에서 숨을 쉬지 않는 상태로 발견됐으니 많이 울 법도 했다.

“제가 도와드릴 건 없나요.”

조금은 무미건조한 목소리가 들려 고개를 드니, 막 장례가 시작되었을 즘 인사를 나눴던 장례지도사가 그곳에 서 있었다. 많아야 서른을 갓 넘겼을 법한 여자였고 그녀의 표정은 목소리만큼이나 밋밋했다. 남자는 괜찮아요, 고맙습니다, 대답한다. 여자는 가볍게 묵례를 건네고는 다시 식장을 나섰다. 남자는 그녀가 조금만 더 측은한 표정을 지어주거나 하다못해 옅은 미소라도 지어준다면 더 좋았겠다고 생각한다.

장례지도사는 우산을 펼치곤, 장례식장 뒤쪽의 아주 은밀한 구석으로 향한다. 그곳 직원들이 흡연 구역으로 사용하는 장소였다. 재떨이로 쓰이는 은색의 페인트 통과 녹이 빨갛게 슬 대로 슨 철제 의자 두어 개가 거기에 있는 전부였다. 장례지도사가 담배를 물고 불을 붙인다. 세상에는 온통 떨어지는 물방울들뿐인데 작은 연기 한두 줄기만 하늘로 천천히 피어오른다. 장례지도사는 계속해서 무미건조한 표정을 짓다가 연기를 한 번 더 뱉고는, 곧 얼굴을 일그러뜨리기 시작한다. 그리곤 겨우 참아왔다는 듯이 눈물을 흘리기 시작한다. 병원 곳곳에서는 많은 사람이 숨죽여 울고 있었다. 그리고 그녀도 거기에 있었다.

이 이야기는 그 호텔리어와 장례지도사의 이야기다.

백신

백신이 일하는 곳은 서울시의 중심부와 외곽의 경계쯤에 있는, 이렇다 할 특색 없는 호텔이었다. 3성급이라고 하기엔 더 깔끔하고 규모가 컸지만, 그렇다고 4성급이라고 하기엔 어딘지 모르게 실속이 없는 듯한 느낌이 드는 곳. 근사함보다는 깔끔함에 모든 역량을 총동원한 것만 같은 곳. 최상급의 서비스는 제공하지 않지만, 최소한의 있을 것은 다 있는 곳. 그게 그곳이 풍기는 이미지였다.

신 씨야, 오늘도 좋은 하루입니다. 집안에 돈이 넘쳐나지만, 재미 삼아서, 그리고 호텔이라는 공간을 너무 좋아하니까 대충 일하는 오전 조 동료 규정이 신을 맞아 인사를 건넨다. 백신은 누구라도 반할 법한 말끔한 미소로 규정 씨도요, 곧 퇴근이죠, 행복한 하루 보내세요, 인사를 돌려주었지만, 그래도 오랜 동료라고, 규정은 그의 가짜 웃음을 단번에 알아차릴 수 있었다. 저거 봐, 영혼 없는 거 봐. 난 진심이었는데. 백신은 이번엔 조금 더 진심을 다해 웃으며, 미안해요, 대답했다.

그곳은 호텔리어로서의 백신이 아닌 사람으로서의 백신에겐 더할 나위 없이 훌륭한 일터였다. 애초에 백신이라는 사람 자체가 진심에서 우러난 응대를 베풀 줄 아는 사람이 아니었기 때문이다.

백신은 삼십 대라고 하기엔 놀라울 정도로 희고 예쁜 얼굴을 지닌 남자였지만, 그 얼굴에는 이상하리만치 이질적인 차가움이 있었다. 하지만 그 차가움은 정말로 감이 좋고 예리한 사람, 그를 오래 지켜본 사람만이 눈치챌 수 있는 것이어서, 보통의 손님들은 '예쁘게 생긴 직원이 예쁜 미소로 나를 맞는구나'라고만 생각할 뿐이었다.

그는 주로 그 호텔의 프런트에서 일했다. 로비 문을 열고 들어오는 손님들을 미소로 맞고, 그들의 이름을 묻고,

그들에게 배정된 객실을 안내해주었다. 객실 이용과 관련된 것들을 단 한 번의 막힘도 없이 설명해주었고, 그들이 카드키를 받고 자신의 앞을 떠날 때까지 그들과 눈을 맞추며 미소를 유지하는 것, 그리고 그들이 호텔을 이용하다가 무언가를 요구하거나 어려움을 겪을 때 유선을 통해 다정한 목소리를 들려주는 것, 다음날이 밝으면 그들이 별문제 없이 그곳을 떠날 때까지 믿음과 인내를 품고 얌전히 기다리는 것이 그가 하는 일의 거의 전부였다. 그는 그 모든 업무를 따뜻한 표정과 목소리로 해냈고 그때마다 아주 잠깐씩, 꼿꼿하게 서 있던 근위병이 아무도 안 보는 틈을 타 한숨을 쉬며 짝다리를 짚기라도 하듯, 차가운 표정을 지었다. 하지만 그 순간은 아주 짧은 순간이어서, 사람들은 좀처럼 그의 그러한 순간의 차가움을 알아채지 못했다.

드러나지 않도록 고도로 훈련된 백신의 냉담은 규정을 비롯한 몇 명의 동료나 친구들 외에는 누구에게도 들키지 않았기에, 백신이 있는 곳에 있는 거의 모든 이는 백신을 누구보다 바르고 사랑스러운 남자라고 생각하곤 했다. 덕분에 호텔 안에서 알게 모르게 그에게 마음을 품는 여직원

또한 몇 명 있었다. 오늘도 공교롭게 함께 퇴근하게 된 미정이 백신에게 어딘가로 함께 가기를 청했다. 모처럼 둘 다 오후 조로 근무한 날인데, 마침 날씨도 딱 좋은데 같이 한잔하면 어떻겠냐고. 저번에 컴플레인 들어왔던 것 잘 처리해줘서 보답하고 싶다고. 괜찮으면 그때 얘기했던 오래된 식당에 가자고. 오랜만에 제대로 된 한식을 먹고 싶다면서. 하지만 백신은 예쁘게 다듬어진 미소를 지으며 이렇게 말할 뿐이었다.

"어떡하죠, 사실 오늘은 제가 몸이 좀 안 좋아서 얼른 들어가서 쉬어야 할 것 같은데. 그리고 요즘 그 동네 되게 흉흉하잖아요. 이런저런 사고도 자꾸 일어나고. 미정 씨도 뭔 일 당할지 모르니까 오늘은 얼른 들어가서 쉬어요."

미정은 치 불평하며 그럼 다음에 괜찮아지면 꼭 같이 가자고 말하곤 휙 몸을 돌렸다. 그녀의 뒤통수에는 누구라도 읽을 수 있는 표정이, 지금 당장 나의 이 사랑스러운 투정을 알아달라고 말하는 듯한 표정이 있었다. 백신은 좋다고 말하며 미소를 잃지 않았다. 호텔의 회전문 앞에서 미정과 백신은 반대 방향으로 걷기 시작했다. 그제야 백신은 미소를 거두고 어떤 표정도 없이 집을 향해 걷기 시작했다.

설렁탕을 제대로 하는 집이 있다고, 자기는 그곳에 가는 것을 참 좋아한다고 말했던 것은 백신 본인이었다. 하지만 그곳이 경영상의 문제로 무기한 영업 정지에 들어갔다는 것을 그는 뒤늦게 알게 됐고, 그걸 진심으로 아쉬워했었다. 몇 달의 시간이 지난 뒤 가게 사장의 지인이 그곳을 이어받아 영업을 재개했다는 소식을 들은 뒤에도 백신은 그곳을 찾지 않았다. 겉으로 보기엔 같은 점포일지 몰라도, 그곳을 오래도록 지키던 사람과 레시피, 영업 방식이 바뀌어 버린 이상 그때의 그곳과 지금의 그곳은 전혀 다른 곳이 되어버렸다는 생각 때문이었다. 마치 사람의 겉과 속이 다른 것처럼. 같은 사람이더라도 그때의 그 사람과 지금의 그 사람은 다를 수도 있는 것처럼.

백신은 사람을 믿지 않는 사람이었다.

사랑하는 사람이 있었고 그 사람만큼이나 사랑하는 한

무리의 친구들이 있었다. 하지만 그 사람과 그 친구들이 자신도 모르는 사이에 난잡한 관계를 맺고 있었다는 것을, 그리고 웃음이 아름다운 백신 본인이 허울 좋은 그들의 가림막으로 사용되고 있었다는 것을 알게 되었을 때, 그는 자기 몸속에서 무언가가 뒤틀리는 듯한 감각을 최초로 느꼈다. 이후로도 언제까지나 그의 옆을 지키겠다고, 나는 누구처럼 네게 상처 주지 않겠다고 약속에 약속을 거듭하던 다른 애인이 스스로 죽음을 선택했을 때도. 존경해 마지않던 선배가 교묘하게 후배들을 괴롭히는 장면을 목격했을 때, 그래서 아무도 나서지 않을 때 자신이 나서서 그를 고발하여 직장에서 날려버렸을 때도. 복통 같다가도 흉통 같은 그 이상한 뒤틀림은 백신이 자주 사람을 향한 헛구역질을 하게 만들었다.

그렇게 진심으로 믿었던 사람 또는 사람들로부터 배신당해본 사람은, 그 배신을 겪는 순간 본능적으로 무언가를 깨닫게 되곤 했다. 아, 나는 다시는 전과 같은 나로 살아갈 수 없겠구나. 내가 모든 몸과 마음을 던져 누군가를 믿게 되는 일은 이제 웬만해선 없겠구나. 그런 가르침. 그것은 조금 더 비유하자면, 마치 케이크 반경 정도의 구멍이 명치께에 뚫려 있는 기분, 그리고 그 구멍은 너무도 크고 그 절단면이 미끄러워, 무엇으로도 그 구멍을 다시 채울 수가 없게 된 기분이었다. 온전했던 명치께가 그토록 명확하고 거대한 상실로 그리 돼버렸으니, 다시 이전의 온전한 자신이 될 수 있을 거라고는 좀처럼 자신할 수 없었다.

그런 기분이 드는 날이면 백신은 그림을 그렸다. 오늘 호텔에서 만난 사람들, 길거리에서 눈을 마주친 사람들, 표정이 살아있는, 농담하고 즐거워하고 깔깔 웃었던 사람들의 얼굴을 그렸다. 단, 봤을 때와는 다르게 아무 표정도 없는 그들의 얼굴로 그렸다. 본 적도 없는 무표정의 표정들을. 그러면 가슴에 구멍이 뚫린 사람이 자신 혼자만은 아닌 것 같다는 생각에 묘하게 위로가 되는 것이었다. 아주 짧은 순간이나마 덜 외로워지는 거였다.

그런 의미에서 백신이 거의 유일하게 마음을 놓을 수 있는 장소는 오래된 식당들이었다. 그곳에 있는 사람들은 겉과 속이 거의 비슷해 보였으니까. 지난한 세월을 장사하면서 어쩔 수 없이 갖게 된 무신경과 불친절 그 어디쯤의 얼굴이 오히려 백신에게는 적당한 온도로 느껴졌으니까. 그러므로 주인이 바뀐 이상, 그러한 근사한 오래됨이 사라져버린 식당에는 갈 이유가 없었다. 심지어 그곳이 오래된 그대로 있었다고 해도, 그런 근사한 곳에 얼굴을 숨겨야 하는 사람을 데려가야 한다니, 당치도 않은 소리였다.

오늘치의 그림을 다 그린 뒤, 백신은 평소와는 무언가가 다르다는 생각에 잠깐 주변을 둘러보았다. 바깥이 이질적일 정도로 조용한 것 같았다. 창가에 다가가 서본다. 흡사 불특정 다수의 사람이 창밖에 모여 나를 어떻게 하려고 수군거리며 작당 모의를 하는 게 아닐까 하는 생각이 들 정도로 조용했다. 당연한 거였겠지만, 그곳에는 정말 작당 모의를 하는 사람들 같은 건 없었다.

하지만 그래도 그렇지, 수상할 정도로 마음이 조용한 밤이었다.

아현

아현이 일하는 병원은 서울 가운데 언저리에 있는 대학병원이었다. 곱상하고 이지적으로 생기긴 했지만, 창백할 정도로 흰 얼굴과 색 없는 입술에 어떤 감정도 느껴지지 않는 그녀, 칙칙한 톤의 옷만을 입는 그녀에게 감히 먼저 말을 걸어오는 사람은 드물었다. 물론 아주 가끔 누군가는 말을 걸어오기도 했다. 어디에 사세요. 주로 어디에 계세요. 거기서 하는 일은요. 대학병원에서 일하고 있다는 아현의 말을 들으면 열 명 중 아홉 명은 화색을 띠며 아, 의사 선생님이시구나, 아니면 간호사 선생님이신가? 하였다. 아현은 본인이 병원에서 일하고 있다는 게 그렇게 반가울 일인가 늘 의아했지만, 개의치 않고 대답을 이어 나갔다.

"아니요, 그 병원 장례식장에서 일해요. 장례지도사예요."

아현은 또 그게 궁금했다. 병원에서 일한다고 했을 때와는 다르게 왜 그 병원의 장례식장에서 일한다는 소리를 들으면 얼굴들이 구겨지곤 하는지. 내가 무언가를 잘못 말한 건지. 나는 볼 수 없지만, 혹 내 뒤로 내가 담당한 고인의 영혼 같은 걸 보기라도 하는 건지. 애초에 그녀에게 중요한 대화도 만남도 아니었는데, 그들이 당혹감을 내비치며 그 자리를 뜨고 나면, 그곳의 분위기를 수습하는 것은 늘 그녀의 몫이었다. 어쩌라는 거야 진짜.

오늘 퇴근길에는 직접 제출해야 하는 서류가 하나 있어 본관을 들러야 했다. 아침이었고 24시간 당직 근무를 서고 난 뒤였기에 모든 게 피곤하기만 했다. 로비에 사람이 많았다. 저마다 어디가 그렇게 아픈 건지, 그 부위를 딱 봐도 알 수 있는 사람이 있었고 알 수 없는 사람도 있었다. 그들은 모두 한곳을 응시하고 있었다. 대기하면서 볼 수 있도록 뉴스 채널을 상시로 켜둔 대형 텔레비전이었다.

무슨 일이 있나 싶어 아현 역시 멈춰서 화면을 바라보았다. 빨간색 배경에 흰색 자막이 다소 폭력적인 크기로 드러나고 있었다. 해당 지역 쇼핑몰 일대 긴급 통제 중… 용의자는 40대 추정 남성. 4명 사망 8명 부상. 서울시, 용의자 검거 시까지 실내에서 대기 권고.

서울의 몇몇 랜드마크 중 하나인 그 건물은 높이도 높이이지만 그 주변의 쇼핑 인프라로 유명했다. 보편적으로 그 동네를 간다고 하면 쇼핑하러 간다고 이해하면 될 정도로 그곳에는 광활한 상권이 있었고 사람 역시 늘 많았다. 칼부림. 그 세 글자가 아현의 눈으로 들어왔다. 아무래도 저 용의자라는 사람이 그 일대에서 칼부림을 하고 있는 모양이었다. 피해자는 늘어날 것으로 보여… 이미 4명이 죽고 8명이 다쳤는데, 그게 현재까지 확인된 최솟값이라는 게 비현실적이었다. 그리고 이내 아현의 머릿속에는 알지도 못하는 사람들의 알지도 못하는 얼굴들이 스치기 시작하는 것이다. 네 명의 남자 또는 여자가, 크거나 작은 체형을 갖고 가만히 눈을 감고 나란히 누워 있는 모습이. 물론 뉴스에 나온 지역 근처엔 또 다른 대형 병원이 있어 피해자들은 그곳으로 갈 확률이 높았지만.

그녀는 매일 죽은 사람들의 얼굴을 봤다. 그들의 얼굴은 주로 온전치 않았다. 병마와의 오랜 싸움으로 낯빛이 좋지 않은 경우가 많았다. 물론 그저 잠들었을 뿐인 것처럼 온전한 얼굴도 있었다. 또 가끔은 사람의 형체가 아닌, 조금 뒤틀린, 사람을 닮은 무언가인 모습도 있었다. 사실은 이미 사고로 인해 죽어 있는 상태로 그곳에 온 사람들을 수습하는 것도 아현의 일이었다. 얼굴이 좋든 좋지 않든, 얼굴조차 알아볼 수 없든, 그들은 모두 죽음이라는 형태로 일괄 분류되어 아현의 앞에 누워 있을 뿐이었고, 아현은 그들에게 맡은 일을 베풀어야 할 뿐이었다. 고인의 몸을 닦아주고, 고인만을 위해 만든 옷을 입히고, 예를 다해 관의 문을 열고 고인의 몸을 옮기고 문을 닫았다. 유족들에게 몇 번이고 인사를 건네고 장례 절차를 착실히 따랐다.

강심장인 건지 무뎌진 건지, 아현 씨는 참 표정이 없는 게 대단해요. 나라면 벌써 힘들어서 도망쳤을 텐데, 전산팀 동료가 그렇게 말을 건네면, 그녀는 그저, 그런가요, 모르겠네, 라고 대답하며 뒷문 근처의 직원 전용 흡연 공간으로 갈 뿐이었다.

괜찮을 리가 있을까. 그녀는 그곳에서 담배를 피우며 자주 조용히 울었다. 누군가의 억울한 죽음이 불쌍해서 울었고 충격적인 모습에 놀라서 울었다. 고인이 너무도 어려서 울었고 유족들의 울음소리가 찢어질 듯이 아파서 울었다. 말이 동료지, 아현보다 나이가 거의 두 배는 많은 동료 장례지도사들이 종종 그녀를 달래주었고, 아현은 이내 다시 아무 표정도 없이 그들과 담배를 피웠다. 멀리서 누가 본다면 심각한 얘기를 하는 줄로 알겠지만, 크고 작은 농담을 주고받으며, 그렇게 하루 중 유일하게 진짜 숨을 쉴 수 있는 시간이었다. 동료 장례지도사가 간이 좋지 않다는 결과를 들었다고 말하며 담배를 피웠고, 아현은 어쩌면 좋아요, 무표정으로 대답했다. 다른 사람이라면 영혼을 좀 담아서 반응해달라고 말할 법했지만, 그는 그녀의 그 말이 진심으로 자신을 걱정하는 말이라는 것을 알았다.

죽음의 냄새를 씻어내기 위해 아현은 자주 향수를 뿌렸다. 특수 소독약 때문이었다. 자주 뿌려야 했으므로 생필품 할인점에서 아무렇게나 깔아놓고 파는 패션 향수면 충분했다. 자주 담배를 피웠고 퇴근하고 난 뒤에는 자주 술을 마셨다. 집에 가서는 근무하며 들은 사람들의 따뜻하고 긍정적인 말들을 떠올려낸 뒤 메모장에 몇 번이고 까맣게 적었다.

오늘 구름 좀 봐요. 완전 아이스크림 같아.
덕분에 마음이 한결 편해졌어요. 이거 드시면서 하세요.
아현 씨 고생했어. 이제 가서 좀 쉬어.
아무 생각 말고 푹 쉬어.

가끔 따뜻한 말을 듣지 못한 날에는 텔레비전 광고나 포털사이트에서 마주친 나오는 캠페인 문구를 받아적기도 했다. 이를테면 '자살'이라는 두 글자를 검색하면 첫 화면에 나오는 문구 같은 것들. 당신은 그 존재만으로도 아름답고 가치 있는 사람입니다. 그런 말들. 세상에 남은 가족은 이제 아무도 없고 자신의 힘듦을 알아주는 사람도 없다는 것을 깨달은 뒤로는 그런 방식으로나마 스스로를 안아주고 숨 쉬게 해 줘야 했다.

하지만 그조차 제대로 되지 않는 날, 눈만 감아도 어떤 얼굴들이 보이고 어떤 냄새가 나는 것 같은 날, 오늘 만난 죽음의 여운이 가시지 않아 도무지 이 집에서는 혼자 자지 못할 것 같은 날도 있었다. 집으로 가는 길에는 누군가가 자신을 쫓아오는 것만 같아서 몇 번은 뒤를 돌아보았다. 하루는 찝찝한 시선이 느껴지기에 홱 뒤를 돌아보았는데, 거기에 있던 사람이 소리를 지르며 놀라는 바람에 아현 역시 소리를 지른 적도 있었다. 앞에 가만히 가던 사람이 텅 빈 표정으로 돌연 뒤를 돌아봤으니 놀랄 수밖에. 이쪽에서도 억울하고 서러웠지만, 그저 죄송하다고 말하며 가던 길을 가야만 했었다.

집이 가까워질수록 거대하고도 막연한 공포감이 엄습했다. 일곱 자리 비밀번호를 누르고 문을 열면, 거기엔 내가 아닌 누군가가 이미, 나를 원망하거나 해하려는 누군가가 있을 것만 같은 예감, 또는 거대한 곤충이나 설치류 같은 것이 현관 쪽을 바라보며 기다리고 있을 것 같은 망상 때문이었다.

그런 날이면 병원 주변을 의미 없이 떠돌다가 밤이 오면

만만한 술집을 골라 그곳에서 내내 술을 마셨다. 그러다가 전에는 알지도 못했던 누군가를 사귀고 그의 집에서 신세를 졌다. 집주인 중에는 여자도 있었고 남자도 있었다. 그러다가 마음에도 없는 관계를 맺은 적도 몇 번은 있었다. 그리고 그것마저도 마음처럼 되지 않는 날, 그 누구도 내게서 흥미를 느껴주지 않는 날에는, 그냥 혼자서 호텔 같은 곳에라도 가야만 했다. 그렇게 죽음의 분위기가 하루만큼이라도 옅어진 뒤에야 그녀는 그녀의 집으로 돌아갈 수 있었다.

물론 자주 그럴 수 있는 건 아니었다. 특별한 날도 아니면서, 그저 집에 들어가기 무섭다는 이유로 월세가 나가고 있는 멀쩡한 집을 두고 호텔에 가는 것은 아무래도 사치였다. 특히나 벌이가 특출난 것도 아니었고 모아놓은 돈도 많지 않은 그녀에겐 아무리 계산해봐도 수지가 안 맞는 행동이었다. 다만 그러한 무리한 지출을 하면서까지 호텔을 택했던 건, 오래전부터 그녀의 몸이 닳도록 그녀를 따라다녔던 가난을 향한 반항에 가까웠다.

교복을 입고 다닐 땐, 아현과 아현의 가족을 제외한 세상의 모든 사람이 그들을 놀리는 게 아닐까, 그게 아니고선 세상이 이래도 되나, 싶을 정도로 비참하고 가난한 나날들만 이어지고 있었다. 눈에 보이는 모든 타인들이 행복해 보였다. 아현이 바라는 것은 그다지 커다란 것이 아니었다. 고깃집으로부터 발사되어 나오는 유난히 따뜻한 주황색 불빛과 냄새, 사람들의 목소리. 스쳐 지나가며 안쪽을 흘겨보면 거기엔 행복해하는 사람들이 많았다. 거의 모든 치아와 그사이의 고춧가루를 다 보이며 먹고 마시고 웃는 사람들. 몸이 여러 개라도 되는 것처럼 마음껏 자신의 감정과 시간을 소비하고 낭비하는 사람들. 딱 저 정도의 풍요로움만 있다면 얼마나 좋을까. 그뿐이었다.

적어도 그녀에게 있어서 감정이라는 것은 그런 게 아니었다. 식당 안이 아니라 식당 그 바깥에 있는 것들이었다. 그것들은 마음껏 낭비할 수도 없으며 낭비하길 원하지도 않는, 슬픔과 걱정, 불안 같은 감정들이 전부였다. 꾹꾹 참아가며 소비도 낭비도 하지 않았기에, 그러길 원치 않았기에 하는 수 없이 꼴사납게 몸 바깥으로, 눈 점막 바깥으로

줄줄 흘러나가는 것들.

돈을 벌기 시작하며 가끔 호사스러운 식당을 혼자 찾거나 무섭다는 핑계를 대며 호텔을 찾는 것도 그러한 시절에 대한 결투 신청에 가까웠다. 그렇게 그것들을 누리고 있으면, 그 순간만큼은 아현 자신도 그다지 가난하지 않아도 되는 사람, 나쁜 것만이 아닌 좋은 감정도 종종 품어도 되는 사람, 조그만 행복을 허락받은 사람이 된 것만 같았으니까.

오늘도 그런 날이었다. 세상이 흉흉했고 아픈 사람은 주변의 어디에나 많았으며, 무엇보다도 근무 중에는 추락사한 사람들의 몸과 얼굴을 봐야만 했다. 두 사람이었고 껴안은 채로 함께 뛰어내린 이들이라고 했다. 아무리 그게 직업이라지만 그런 광경은 도무지 익숙해지질 않았다. 이 일부가 고인 A의 일부인지, 고인 B의 일부인지를 추측할 때는 극심한 긴장으로 두통까지 느껴야 했다.

집에 갈 수 없었다. 그렇다고 다음 날이 올 때까지 술을 마시기에는 아직 너무 이른 시각이었다. 멀리 가기엔 좀 그렇고 오랜만에 거기나 가볼까. 아현은 병원에서 도보로 오 분 거리쯤에 있는 호텔을 떠올렸다. 하지만 못해도 두 시는 넘어야 체크인 준비를 시작할 테니, 일단은 밥부터 먹고 서점을 가든 영화를 보든 해야만 했다. 수상할 정도로 조용한 아침이었다.

백신

백신은 일이 없을 때마다 자신이 앉아 있는 프런트 너머의 창밖을 멍하니 넘어다보곤 했다. 바깥엔 늘 사람들이 있었다. 왼쪽에서 오른쪽으로, 오른쪽에서 왼쪽으로, 한 무리와 또 다른 한 무리가 유려하게 스치기도 하고 어느 한 지점에서 개인과 개인이 만나 무리가 되기도 했다. 반대로 무리가 무리였다가 개인과 개인이 되기도 했다. 엄밀히 따지면 그들은 속도도 생김새도 방향도 다 달랐지만, 백신이 보기엔 다 거기서 거기였다.

그럴 때마다 바깥의 사람들은 백신에게 들소들의 행렬처럼 보이기도 했고 헤엄치는 해파리들 같기도 했고 세포의 분열 같기도 했고 맥주나 탄산음료의 아래로부터 피어오르는 기포들 같기도 했다. 달라붙었다가 조금 더 큰 하나의 방울이 되기도 하고, 터져버리기도 하는. 사람들은 그렇게 점점 더 백신에게 작고 의미 없는 것으로 여겨지다가 이내는 자신과 엮일 리 없는 무언가로 영영 멀어지기만 할 것 같았다. 우습지. 나와는 아무런 관계도 없는 것들인데, 저들끼리는 어떻게든 무리를 짓기도 하고 껴안고 다니기도 하고 누가 누구를 뒤따르기도 한다는 게.

사람들을 오래 지켜보다 보면, 대충 누가 누구의 일행인지 정도는 파악할 수 있게 되기도 했다. 굳이 손을 잡거나 어깨동무를 한 채로 걷고 있지 않다고 하더라도 누군가를 뒤따르는 사람의 눈빛이나 표정이 분명하게 앞의 누군가를 향해 있다면, 그 둘은 높은 확률로 일행인 경우가 많았다. 녹색인지 갈색인지 모를 칙칙한 옷을 입은 여자가 아무 표정도 없이 호텔 방향으로 걸어오고, 그 뒤를 어떤 남자가 뒤따른다. 남자의 시선은 분명히 여자를 향하고 있었다. 여자가 텅 빈 표정을 짓고 있는 걸로 보아 둘의 사이가 조금 싸늘해졌거나, 아니면 여자가 아직 뒤따르는 남자의 존재를 인지하지 못한 것 같았다.

악의는 느껴지지 않았다. 살면서 크고 작은 배신과 유기를 당해오면서 백신에겐 묘한 능력이 생겼는데, 그건 바로 사람의 걸음걸이나 표정, 눈빛만 보고도 그 사람에게 악의(나 살기)가 있는지를 남들보다 빠르고 정확하게 파악할 수 있다는 것이었다. 그런 백신의 눈으로 파악해보건대, 여자를 뒤따르는 남자에게선 어떤 살기도 느낄 수 없었다. 별다른 일은 일어나지 않겠구나. 별다른 일이 일어나면 또 어쩔 건데. 내가 뭐라고.

하지만 어째서인지 여자는 다른 곳도 아닌 호텔을 향해 계속해서 다가오고, 남자는 곧 그 여자로부터 멀어져 왼쪽 인도를 따라 계속 걸어가는 것이었다. 일행이 아니었나. 다른 사람이라고 착각이라도 한 건가. 아니면 그냥 좀 착각할 만한 시선을 가진 사람이었던 건가. 백신이 머리를 나름대로 굴리는 사이 여자는 로비로 들어와 어느새 백신을 향해 가까워지고 있었다.

*

"방 있어요?"

여자가 백신에게 물어온 것은 저녁 다섯 시쯤이었다. 백신은 한 명이신가요? 두 명 아닌가요? 라고 물으려다 말았다. 그렇게 묻는다는 건 일단 추측을 통해 일하고 있다는 점에서 별로였고 저 바깥에 있을 때부터 여자를 지켜보고 있었다는 걸 인정하는 일이 됐기 때문, 그리하여 민망한 처지가 될 것이 뻔하기 때문이었다.

혼자 오신 건가요, 사전에 별도로 예약한 사항은 없으신가요, 물으며 백신은 여자가 입은 옷을 찬찬히 살펴보았다. 사이즈만 다르고 브랜드와 디자인, 색상도 다 똑같은 재킷이 본인의 집에도 있었다. 어떤 바지와 입어도 점잖아진다는, 그래서 어느 무리에서도 눈에 띄지 않게 된다는 장점 아닌 장점이 있어 그 역시 자주 입는 재킷이었다. 여자는 혼자 왔으며 예약 같은 건 하지 않았다고 대답했다.

그러시군요. 잠시만요. 백신은 대답했다. 그리곤 그녀의 얼굴을 흘겨보며, '그리기 좋은 무표정'이라고 속으로 생각했다. 평소에 그날 본 사람들의 얼굴을 그릴 때는, 원래대로라면 보았던 사람들의 얼굴로부터 표정을 거두는 작업을 해야 했는데, 그 여자는 그럴 필요도 없이 이미 완성된 무표정을 하고 있기 때문이었다.

여자의 얼굴에는 정말이지 어떤 표정도 색깔도 없었다. 화려하게 예쁜 얼굴이라고는 할 수 없었지만, 눈썹도 그 밑에 가로로 길게 난 두 눈도 코의 세로선도, 작은 입술도, 마치 선으로만 정교하게 구성한 그림처럼 모난 구석이 없는 얼굴이었다.

"스탠다드 더블룸으로 12층에 있는 객실로 준비해 드렸습니다. 체크인은 지금 바로 가능하시고, 체크아웃은 내일 정오입니다. 가져오신 차량 있으시면 주차등록까지 도와드리겠습니다."

말하는 동안에도 여자는 눈 한 번 깜빡하지 않고 고개만 끄덕거렸다. 카드키를 건네고 카드키를 받는다. 그리기 좋은 무표정을 지닌 사람이 백신을 스쳐 엘리베이터를 타고 올라간다. 그리곤. 아뿔싸. 백신은 뒤늦게 무언가를 깨달아버리고 마는 것이다.

젊은 여자가 혼자, 별도의 예약 없이, 짐가방도 없이 워크인으로 방문했을 때, 그리고 기준은 참 모호하지만, 그 사람이 '어딘지 모르게 사연이 있어 보일 때'는 남은 객실이 없다는 등의 완곡한 이유를 들어가며 그를 받아주지 않기로 합의된 직원들 사이의 불문율이 있었기 때문이었다.

그건 호텔 누아즈뿐만 아니라 대한민국 곳곳에 있는 호텔에서도 알게 모르게 용인되는 불문율이었다. 혼자 찾아온 여자 고객이 그곳 객실에서 목숨을 끊는 사건이 적지 않게 일어나는 탓에 생긴 약속이었다. 특히 해안가를 바라본 곳에 있는 호텔에서는 거의 교리처럼 지켜진다고 전해 들은 약속. 누군가는 그런 불합리가 어디에 있느냐며 따지고 들 수도 있겠지만, 호텔 입장에서는 자신들의 사업장에서 불미스러운 사건을 만들어내지 않는 것이 최우선이었기에 그렇게라도 조심할 수밖에는 없었다.

조심해서 나쁠 게 하나도 없는데, 정말 자칫하면 호텔에서 무슨 일이 일어날지 모르는데, 백신은 그 그리기 좋은 무표정 때문에 불문율을 까맣게 잊어버렸다는 사실에 볼펜으로 이마를 신경질적으로 두드릴 수밖엔 없었다. 자신의 부주의로 자신의 직장에서 사람이 죽는 일이 일어나는 것은 정말 끔찍한 일이었고, 그로 인해 뒤집어쓰게 될 질책과 죄책감은 누구에게도 반갑게 다가오지 않을 것들이었다. 오후 조 근무를 함께하는 후배 직원 한 명이 그런 백신을 의아함과 걱정이 뒤섞인 얼굴로 바라보았다. 그는 그에게 별일 아니라는 듯 웃어 보이곤, 어서 다른 일 보라는 말을 건넸다.

일단 이 사실을 동료들에게도 공유할 필요가 있었다. 오늘 백신은 오후 조 근무로, 체크인 업무를 수행하고 난 뒤에 퇴근 시간인 밤 열 시까지만 호텔의 일을 통제할 수 있었다. 그는 관리 시스템의 인수인계란에 조금 전의 일을 적어넣기 시작했다. 예약 없이 워크인으로 혼자 온 여성

고객 #1216 체크인. 체크인 담당자 소견으로는 주의 깊게 케어할 필요성 존재.

물론 주의 깊게 케어한다고 해서 호텔 측에서 선제적이고 적극적으로 할 수 있는 조치는 많지 않았다. 끽해야 해당 고객의 외출 상황을 파악하거나 그의 표정이나 걸음걸이를 조금 더 면밀하게 지켜보는 일, 이상하고 위험한 물건을 사서 들어오지는 않는지를 살펴보는 일 정도가 전부였다.

그런 의미에서 그녀가 백신을 미치게 만들었던 건, 한번 체크인을 한 뒤로 백신이 퇴근을 할 때까지 그 어떤 외출도 하지 않았기 때문이었다. 보통은 칫솔을 사기 위해서라도 한 번은 내려오던데(물론 객실에 칫솔이 구비되어 있지 않다는 걸 체크인 시에 알려주지 않는 것이 그 호텔의 몇 없는 고약함 중 하나였고 그 사실은 호텔 사람들도 이미 잘 알고 있었다), 그 여자만큼은 죽어도 눈앞에 나타나지 않았다. 주어진 일은 완벽하게 해내는 사람, 그러므로 절대 그 누구에게도 폐를 끼치지 않는 사람이어야만 했던 백신에게 초저녁의 실수는 치명적이었다. 오후 조 퇴근 시각인 밤 열 시를 향해 시간만 야속하게 흘러갈 뿐이었다.

“선배님, 적어놓긴 했는데 1216번 좀 진짜 잘 부탁드릴게요. 무서워서 그래요.”

“알겠어요. 이렇게 부탁까지 하는 걸 보면 되게 무섭긴 한가 보네.”

이후 근무를 책임질 선배 직원에게 어울리지도 않는 애원을 투척하고 로비를 나선 뒤, 백신은 자신도 모르게 한숨을 쉬었다. 하루가 참 길었다. 스스로가 길게 만든 하루였고 누구도 탓할 수 없는 생고생이었다. 마시고 들어가고 싶었다. 누구도 나를 귀찮게 하지 않는 곳, 누구와도 함께하지 않아도 되는 곳, 시도 때도 없이 놀자고 졸라대는 미정 같은 사람이 없을 법한 조용한 술집이 필요했다.

*

메뉴라곤 통닭발과 두부김치, 라면이 전부인 좁고 허름한 가게에서 닭발 하나를 두고 술을 마셨다. 애초에 워낙 골목에 있는 가게였기에 백신 말고 다른 손님은 없었다. 주인은 역시나 조금 무신경하고 불친절한 얼굴을 갖고 있었고 백신은 그게 마음에 들었다.

빈 소주잔을 내려다보며, 초저녁의 여자를 떠올렸다. 그 여자는 지금 뭘 하고 있을까. 정말로 무슨 일을 꾸미고 있지는 않을까. 그냥 지방 어디에서 급하게 출장을 왔는데 그게 너무 피곤해서 표정이 그랬던 거겠지? 근데 만약 그게 아니면 왜 그렇게도 대책도 생기도 없이 호텔에 들어왔던 걸까? 정말 그리기 좋은 무표정이었는데, 과연 내가 이런 걱정들을 품고 집에 가서 그 여자의 얼굴을 잘 그릴 수나 있을까?

그렇게 복잡한 생각들을 이어가고 있는데, 그 표정의 주인이 미닫이문을 열고 가게 안으로 그 얼굴을 쑥 들이미는 것이었다.

백신은 자신도 모르게 귀신이라도 본 것처럼 어깨를 움츠렸다. 그리고 이내 안도와 의아함이 섞인 복합적인 감정을 느끼기 시작했다. 안 죽었네? 그런데 이 밤에 여긴 왜 들어온 거야? 여자는 그를 알아보지 못하는 눈치였다. 그럴 수 있었다. 보통의 고객들에게 프런트에서 일하는 사람들은 안내자 그 이상도 이하도 아닐 테니까. 때로는 기계나 물건처럼 취급될 때도 있기는 있었으니까. 여자는 백신이 앉은 테이블의 대각선 방향에 앉고는 라면과 소주를 주문했다.

그래도 뭘 먹기는 먹네. 죽지는 않으려나 보다. 그런 밑도 끝도 없는 생각을 속으로 홀로 하며, 백신이 자신도 모르게 배시시 웃었었나 보다. 여자가 그런 백신에게 돌연 말을 걸어왔다.

"왜 웃어요?"

"네?"

"아니요, 지금 여기 둘밖에 없는데 저를 보고 웃으신 것 같아서요."

백신은 귀가 빨개지는 것을 느꼈지만, 그보단 먼저 오해를 푸는 게 먼저였기 때문에 머릿속에서 최대한 조심스레 단어들을 조합해내기 시작했다.

"아이고, 죄송합니다. 다른 건 아니고요, 기억하실지 모르겠지만 오늘 호텔 체크인 도와드린 직원이에요. 퇴근하고 술 한잔하려고 왔는데 이런 데서 만나서 괜히 혼자 반가웠나 봐요."

"그러시구나."

"네."

"저도 기억나는 것 같기도 하고. 그런데 이 좁은 가게에서 테이블 따로 두고 이야기하는 것도 좀 어색한데 괜찮으면 같이 좀 마시죠."

여자는 그렇게 말하고는, 백신의 대답 같은 건 중요하지 않다는 듯이 일어서서 본인의 술병과 잔을 가지고 그의 앞에 앉았다. 백신은 그게 그다지 달갑지 않았지만, 이래서야 미정 같은 사람이 없는 술집을 고른 의미가 없다고 생각하기도 했지만, 어찌 됐든 이 여자가 죽지 않고 살아서 내 앞에 있다는 사실만으로 아무래도 괜찮다고 생각했다. 이따가 집에 가서도 이 얼굴을 마음 편하게 그릴 수 있겠다고도. 겸상하는 김에 이 얼굴을 조금 더 면밀하게 뜯어봐도 좋겠다고도.

머리가 온통 하얗고 등이 굽은 노년의 가게 주인이 주방으로부터 라면이 담긴 은색 대접을 들고나와서는 백신의 테이블에 앉은 여자를 본다. 일행이었던가 생각하는 갸우뚱거림. 무슨 상관이겠냐는 표정으로 이내 그 대접을 두고 간다.

"먹어요. 나도 이것 좀 먹을게요."

닭발은 만 이천 원이고 라면은 사천 원인데, 라고, 백신은 말할 뻔했지만, 그건 평소 사람들로부터 찬사받는 백신의 태도가 아니었기에 잠자코 그러자고 대답했다. 그보단 문득 그게 궁금해지기 시작했다. 당신은 누구인지. 왜 예약도 없이 호텔을 찾았으며, 그렇게 무표정한 얼굴로 다니는 이유는 무엇인지, 프런트에서 일하고 있을 때라면야 실례가 될 질문들이었지만, 퇴근하고 난 지금은 상황이 조금 달랐다.

"뭐 급하게 출장 같은 거 오신 거예요? 보통 요즘은 예약하고 오시던데 그냥 오셨길래요. 짐도 별로 없으셨던 것 같고."

"그냥요, 오늘은 호텔에서 좀 자고 싶어서요. 여기 온 건 또 그냥, 좀 조용한 데서 마시고 들어가고 싶어서요."

"혹시 무슨 일이라도 있으신 거예요? 제가 봤을 땐 표정이 좋지 않은 것 같기도 해서."

백신은 거기까지 말하고는 다시 속으로 혀를 깨물었다. 지금 내 앞에 있는 사람에게 무슨 일이 있고 없고는 자신에게 상관이 일절 없는 일이었을뿐더러, 누구에게 어떤 사연이 있는지 없는지를 함부로 들춰내는 일은 맹세코 자신의 취향이 아니었기 때문이다. 오늘따라 실수가 잦다는 생각에 얼굴이 뜨거워지기 시작했다. 여자는 그의 말을 듣고는, 그 특유의 텅 빈 듯한 눈으로 그의 눈을 잠시 보다가, 이렇게 대답하기 시작했다.

"왜요, 내가 죽을까 봐서요? 저 못 죽어요."

"죽을 것 같아서 여쭤본 건 아니었어요. 미안합니다."

"아니에요, 오해할 수도 있지. 저는 사람에게는 자주 머무는 곳의 냄새가 알게 모르게 벤다고 생각하는 사람이거든요. 화장품 가게에서 일하면 분 냄새가 나고 카페에서 온종일 일한 사람한테서는 원두 냄새가 나는 것처럼요. 그러면 저한테선 무슨 냄새가 나야 하느냐, 생각해보면, 죽음의 냄새가 나는 게 당연하죠."

백신은 과연 죽음의 냄새가 무엇인가 싶어 잠깐 코를 킁킁댔다. 라면과 닭발의 냄새를 뚫고 미세하게 향수 냄새가 코를 찔러왔다. 플로럴 계열의 향수 같은데, 이런 옷차림이랑은 안 어울리는 향 같은데, 죽음의 냄새라니. 무슨 뜻일까. 꽃집에서 일하나? 꽃들이 죽은 냄새를 뒤집어썼다는 일종의 비유 같은 걸까?

"이건 다이소에서 산 향수 냄새에요. 제가 말한 죽음의 냄새는 말 그대로, 죽은 사람들로부터 맡을 수 있는 냄새들, 그리고 그 몸을 닦을 때 쓰는 소독약 냄새에요. 저 장례식장에서 일하거든요. 향수를 싼 거 사는 이유도 그냥 많이 뿌려서 냄새 덮으려고 그러는 거고."

어쩌면 저렇게 표정이 없을까. 다소 생소한 일을 하는 사람을 만난 것도 놀라웠지만, 그런 이야기를 아무 표정도 없이 말하는 이 사람의 성격이 백신은 더 놀라웠다. 좀 이상하거나 위험한 사람인가. 악의를 구분하는 눈으로 그녀를 관찰하려고 잠깐 애써보기도 했지만, 또 그녀에게서 위험한 기척 같은 게 느껴진다거나 하는 건 아니었다.

여자는 뭘 물어보지도 않았는데 이야기를 술술 풀어내기 시작했다. 표정은 여전히 없었지만 혀 꼬인 소리가 들리는 게, 말수가 많아진 게 조금은 술에 취한 모양이었다. 수다스러움과 취한 듯한 목소리와는 어울리지 않는 표정이라고 생각했다.

"호텔에서 자는 것도 일 때문이에요. 가끔 너무 끔찍하게 죽은 사람을 보면 집에 가기 싫어지거든요. 그래서 이렇게 바깥에서 자죠. 모양 빠지게 혼자 술도 마셔보고. 웃기죠. 사람들은 호캉스니 뭐니, 좀 근사하게 놀거나 애인이랑 쉬어보겠다고 오는 곳을 나는 도망칠 곳으로 삼다니."

"그렇게 힘든 날이 많으면 일은 어떻게 해요. 적성에 맞는 일 맞아요?"

백신은 물었고, 이번에도 실례되는 말을 했는가 싶어 입술을 안쪽으로 말아 물었다. 오늘따라 참 실수가 잦다는 생각에 눈마저 질끈 감았다. 가끔 이랬다. 어떤 사람들 앞에선 자꾸 실수만 저질렀다. 오래전의 친구들처럼, 한때의 연인들처럼, 그렇게 한번 자신의 마음을 열고 들어왔던 사람에게는 그러게 됐다. 그러고 보니 이 사람 앞에서는 왜 자꾸 실수하는가. 그건 알 수 없었지만.

아현

죽음이 자신을 삼키려 드는 날이면 종종 찾아갔던 호텔이 경영 악화로 폐업했다는 사실을 알게 된 건 그 호텔 앞에 다다르고 나서였다. 슬쩍 들여다본 내부에는 어떤 사람도, 깔끔하게 관리되던 바닥도 없이 공사 자재들이 나뒹굴고 있었다. 호텔이라는 이름치고는 알록달록 귀엽게 꾸며둔 것이 은근히 마음에 들었던 곳이었는데, 내심 아쉽기만 했다.

이대로 집으로 갈 수는 없었다. 하는 수 없이 다른 호텔을 찾아야 했다. 가까운 곳에 호텔이 하나 더, 누아즈가 있었다. 어둡고 딱딱하고, 어쩐지 거짓말을 하는 듯한 외관 때문에 한 번도 이용해보지 않았으면서 다짜고짜 마음에 들지 않는 곳이었지만, 어쩔 수 없었다. 그래도 듣기로 다른 사람들은 그곳을 꽤 좋아하기도 한댔으니까. 오 분 정도를 더 걸어 그 호텔 앞에 도착했다. 누가 봐도 입구라는 걸 알 수 있는 문을 향해 거침없이 걸어 들어가, 내친김에 프런트까지도 성큼성큼 걸어갔다. 자기만큼이나 얼굴이 하얀 사람이 웃으며 그녀를 맞고 있었다. 웃는 일을 세상에서 가장 어려워하는 자신과는 정반대의 성향을 지닌 사람처럼 잘 웃는데, 그 입술과 눈썹의 각도가 기가 막히는데, 이상하게 하나도 안 부러운 얼굴이었다. 얼굴은 그런대로 봐줄 만했지만, 그 웃음, 웃음이 별로 부럽지 않았다.

대충 아무 방이나 달라는 식으로 말하고 나서 얻은 방은 12층에 있었다. 아무렇게나 카드키를 찍고 들어가 옷도 안 벗고 침대에 몸부터 던졌다. 꼬박 당직을 선 뒤였기에 일단은 잠이 가장 급했다. 공기는 쾌적하고 침구는 깨끗하다. 제법 고층에 있는 방이라 지상의 소음도 닿지 않아, 방은 그보다 더 평화로울 수 없었다. 아 근데 왜 이렇게 찝찝하지.

자기도 모르는 새에 잠이 들었었나 보다. 까무룩 잠든

동안에는 꿈을 꾸었다. 죽은 사람들이 나오는 꿈이었다. 얼굴의 형태가 없어진 사람. 잠든 것처럼 곤히 죽은 사람. 몸이 아이처럼 작아진 노인. 맞는 관을 찾기 힘들 정도로 몸이 거대한 사람. 그리고 기가 막힌 미소를 지은 채로 죽어 있는 사람.

과연 내게 이런 악취미가 있었던가. 멀쩡히 살아서 성실히 일하고 있는 호텔 직원을 꿈에서 죽여놓다니. 아현은 기가 막혀서 물을 들이켰다. 어느새 바깥은 어두워져 있었다. 어쩌면 그런 미소가 적어도 내 세계에서는 없는 것이나 다름없는 초자연적 현상 비슷한 거라서 그랬으려나.

배가 고팠다. 이상하게 멍했고 찝찝함도 가시지 않았다. 이래서는 도망쳐 온 의미가 없었다. 이대로 다시 잠을 청하면 조금 전보다 더하면 더했지 덜한 악몽을 꿀 것 같지는 않았다. 마셔야 했다. 마시면서 무언가를 먹고 들어온다면 더 좋겠다고 생각했다. 아현은 입던 옷 그대로 카드키를 뽑아 로비로 내려왔다. 아까 봤던 기이할 정도로 잘 웃는 남자는 없었다. 퇴근한 모양이었다.

괜찮은 가게를 찾기보단 허름한 가게를 찾아 들어가는 게 맞았다. 동네가 근 몇 개월 사이에 얼떨떨할 정도로 번화하게 되어, 한두 블록만 걷더라도 자신과는 다르게 화려하게 입은 사람들이 넘쳐났기 때문이었다. 더군다나 그녀는 혼자이기까지 했으니까.

소주, 라고 적혀 있는 필름지가 너덜너덜해진 가게 문을 열고 들어갔을 때는, 잘못 들어왔나, 다시 그대로 문을 닫고 나가야 하나, 그런 생각부터 들었다. 낮에 체크인할 때 봤던 그 잘 웃는 남자가 앉아서 술을 마시고 있었으니까. 하지만 이미 눈은 마주쳐 버렸고, 미닫이문을 여는 소리는 필요 이상으로 소란스러웠기에 자리에 앉을 수밖엔 없었다. 라면 한 그릇과 소주 한 병을 시켰다. 그런데 그 잘 웃는 남자가 다시 웃기 시작하는 게 아닌가.

이상하게 화가 치밀어 올라, 아현은 쏘아대듯 물었다.

왜 웃어요?

*

이런저런 이야기를 나누면서, 아니, 어쩌면 일방적으로 자신의 이야기를 늘어놓으면서, 아현은 남자로부터 이질감과 동질감을 동시에 느끼고 있었다. 이질감은 자신이 갖지 못하는 미소를 자신의 이야기를 들으면서도 종종 보여주었기 때문이고, 동질감은 아주 잠깐씩, 놀라울 정도로 싸늘해지는 표정을 보여줄 때마다였다. 남자는 그렇게 자상하다가도 쌀쌀맞았다가 하였다. 오늘 무슨 일이 있는 건가, 화가 나는 일이 있나, 생각하다가도, 그 쌀쌀맞음 역시 너무도 자신의 것인 양 당연하게 잘 어울려, 나중에 가서는 그냥 그의 표정을 이해하는 일은 포기하자고까지 생각했다.

아현은 그의 싸늘하다가도 다정한 태도가 왠지 모르게 편하고 나른하게 다가와서(온탕과 냉탕을 왔다 갔다 하는 것 같다, 는 표현은 너무 저급한 것 같아 얼른 고개를 뒤흔들어 날려버렸다), 처음 만나는 사이에서는 좀처럼 하지 않을 법한 말까지 했다. 이를테면 그런 날, 끔찍한 죽음을 목격해서 도무지 집으로 못 갈 것 같은 날이면, 술을 마시다가, 이렇게 다른 누군가와 술을 마시기도 하다가, 어쩌다 휙 그 사람의 집으로 가서 같이 자버린 적도 있었다는 말 같은 것들. 물론 그녀는 그 말을 하자마자, 굳이 이런 말까지 해야 했었나, 라는 생각에 잠깐 인상을 찌푸렸다. 혹여나 지금 이 말이 오늘 밤에도 무슨 일이 생기기를 바란다는 말처럼 들릴까 봐서.

"그거 적성에 맞는 일 맞아요?"

제법 당돌한 질문도 던질 줄 아는 사람이라고 생각했다. 아현은 거의 하루 중 처음으로 잠깐 웃고는, 그러게요, 제가 이 일을 왜 하냐면, 작게 추임새를 뱉으며 말을 꺼내기 시작했다.

가장 먼저로는 당신과는 다르게 좀처럼 웃지 못한다는 게, 표정의 기본값이 울상이거나 무표정이라는 점이 이 일에서는 일종의 강점이 될 수도 있기 때문이라고 말했다. 그리고 같은 병으로 세상을 떠난 어머니와 친언니, 아주

먼 나라에서 객사했다는 아버지의 소식을 건너고 건너서야 들을 수 있었다는 말, 그 외에도 또래들보다 수상할 정도로 죽음을 여러 번 접했어야 했다는 말, 그러므로 세상의 크고 작은 죽음들 앞에서 그들의 죽음을 지키는 사람은 늘 자신이어야 했다는 말, 그러다 보니 알게 모르게 죽음에 대한 이상한 소명 같은 게 생겼다는 말까지도.

남자는, '그렇구나,' 대답하고는, 뭐가 아쉽거나 슬픈 강아지처럼, 잠깐 두 눈의 끝을 아래로 끌어내리는 듯한 표정을 지었다. 그건 아현이 기억하기에 아마 처음 보는 표정이었다. 그런 울적한 표정도 지을 줄 아네요, 아현은 물었고, 남자는 이내 전과 같은 기가 막힌 미소를 지으며 제가 어땠는데요 되물었다.

이런저런 시시콜콜한 대화를 이어가다 보니 시간이 빠르게 흘렀다. 남자는 이제 가보지 않으면 버스가 다 끊겨서 꼼짝없이 택시를 타야 한다고 말했다.

"얼른 가보세요, 다음에 호텔에서 또 인사하게 될 수도 있겠네요."

"그러게요, 그…."

"네?"

"아니에요, 그냥 오늘 밤에는 좀 더 편하게 주무셨으면 좋겠다고요. 그리고 제 이름은 백신이라고 합니다. 백 씨 성에 이름은 신이요. 그럼 가보겠습니다."

아현은, 내 이름은 문아현이라고, 조심히 가라고 말하려고 했지만, 백신은 뭐가 그리 급한지 얼른 가방을 들고 가게를 나선 뒤였다. 아마 막차를 놓칠까 조바심이 나는 모양이었다. 술잔 아래에 만 원짜리 두 장이 깔려 있었다. 통닭발은 거의 새것인 그대로 남아 있었고 라면 그릇만 바닥을 보이고 있었다. 가져갈게요, 아현은 냉장고에서 소주를 꺼내며 주방 쪽에 말하곤 다시 자리에 앉았다.

어떻게 웃는 걸까.

잠깐 한두 번.

백신을 따라 해보기도 했다.

잠시만요.

백신은 대답했다.

그리곤 그녀의 얼굴을 흘겨보며,
'그리기 좋은 무표정'이라고 속으로 생각했다.

백신

숨을 쉴 수 없다는 생각. 자다 죽는 사람들은 과연 이렇게 죽는 것이겠구나 생각이 들 때쯤 겨우 눈이 뜨였다. 징그러울 정도로 선명한 꿈이었다. 땀이 흐르고 있었다. 몸을 일으켜 세우니 인중과 미간 같은 곳에 위태롭게 고여 있던 땀들이 눈물처럼 후드득 앞으로 떨어졌다. 이 순간에도, 이렇게 환한 아침에도 찢어지게 슬픈 누군가는 정말로 이렇게 울고 있을까. 아무튼 오늘은 회사에서 평소보다 더 많이 떠들고 다니겠군. 백신은 혼잣말하며 고개를 가로저었다.

참을 수 없이 불길한 꿈이었다. 자기 얘기를 잘 하지 않는 그였지만, 그런 꿈을 꾼 날에는 주변에 적극적으로 그 사실을 알리곤 했다. 왜냐하면 그건 정말로 불길한 꿈, 길하지 못한 꿈이었으니까. 그런 꿈을 꾼 날에는, 꼭 그날이 아니더라도, 그 언저리에 반드시 한 번은 주변에서 좋지 않은 일이 일어나곤 했다. 그래서 백신은 자신의 그러한 호들갑이 조금이라도 도움이 될까 하여 어울리지 않게 떠들고 다니곤 했던 거고. 오늘은 꿈자리가 이상하니까 다들 일찍 들어가세요. 비가 오니까 특히 운전 조심하셔야 해요. 라면서.

그런 불길한 꿈을 꾸며 흘린 땀은 이상할 정도로 여운과 잔향이 길고 짙은 것만 같아서, 사람들의 별것 아닌 시선도 괜히 더 의식하게 만들었다. 나한테서 퀴퀴한 냄새가 나는 걸까. 옷 어디가 젖어 있나. 덜 마른 옷을 입고 나왔나 하고. 그런 불쾌한 느낌과 함께였으니 하루가 시작부터 찝찝할 수밖엔 없었다.

어떤 남자가 나오는 꿈이었다. 그 어떤 부분도 이렇다 또는 저렇다 특정 지을 수 없는, 굉장할 정도로 특징 없는 얼굴을 지닌 남자가 나오는 꿈. 그 남자는 우는 듯 무언가를 감추는 듯한 표정을 지으며 일정한 속도로 사람들을,

그리고 백신을 따라다니고 있었다. 쫓아오는 것이 아니라 말 그대로 따라오는 것이었다. 쫓는 것은 목표로 삼고 있는 무언가에게 도달했을 때, 그를 사로잡거나 그에게 해를 끼치는 반면, 따라오는 것은 정말로 따라오기만 하는 것이었다. 사람들과 백신이 어딘가를 걸으면, 그 남자는 거의 똑같은 속도로 그들을 뒤따를 뿐이었다. 차라리 해코지라도 했으면 화끈한 맛이라도 있었을 텐데. 도대체 꿈속의 그 남자가 원하는 건 뭐였을까. 그것은 무언가를 암시하는 악몽이었을까 아니면 아무 의미도 없는 무해한 꿈이었을까. 아마도 악몽이었을 거라고 생각했다. 백신 주위를 묘하게 맴도는 땀 냄새가 그를 대신해서 판단하고 있었으니까. 그나저나 이런 꿈을 꿨을 땐 사람들한테 뭘 조심하라고 해야 하지?

아주 잠깐 스친 생각이 있었다. 그 특징 없는 얼굴을 지닌 남자, 그 우는 듯 무언가를 감추는 듯한 얼굴이 어쩌면 자신의 것과 닮은 것 같다는 생각. 백신 본인도 바보가 아닌 이상 자신에게, 그러니까 일을 하거나 사람들을 대할 때를 빼고는 표정이 결여되어 있다는 것을 알고 있었기 때문이다.

사람으로부터 최초로 상처받았던 날, 그러니까 '자기 몸 속에서 무언가가 뒤틀리는 듯한 감각'을 최초로 느낀 그날, 공교롭게도 백신은 왼쪽 무릎으로부터 어떤 소리를 듣기 시작했다. 앉아 있다가 일어날 때마다 들리는 뚝뚝하는 소리였다. 그 소리가 정말로 그날부터 들리기 시작했던 건지, 아니면 전부터 늘 들려왔던 소리였는데 그날부터 그가 그 소리를 의식하기 시작한 건지는 사실 알 수 없었지만, 백신은 서서히 그 소리에 관한 묘한 망상을 하기 시작했다.

신체 전반적으로 커다란 뒤틀림이 있고 난 뒤에, 그의 왼쪽 무릎에는 작은 방이 생겨났다. 그리고 그 방에서는 어떠한 작용으로 아주 조그만 사람 한 명이 무난히 살 수 있을 법한 의자나 테이블 같은 초소형 가구와 생활 도구들이 발생하기 시작한다. 이윽고 또 어디선가 자연으로 발생한 초소형의 사람 한 명이 그 방의 문을 열고 들어와 자리를 잡고 살기 시작한 것이었다.

이후로 백신이 느껴야 하는 모든 감정은 일차적으로 백신의 심장이나 머리가 아닌 '무릎의 그 방'을 향해 일차적으로 향하기 시작한다. 기쁨도, 슬픔도, 분노와 질투, 사랑마저도 무릎 방을 거친 뒤, 그 방의 감정 수용량이 초과되고 나서야 넘치고 넘쳐 백신 본인에게로 전달되는 구조였다. 마땅히 백신에게 고스란히 닿았어야 할 것들이 그 작은 사람에게 집중되다 보니 백신은 점점 진심에서 비롯된 표정을 지을 수 없게 되었다. 그런 날이면 그는 무릎에서 나는 뚝뚝 소리를 더 유난스럽게 들었다. 물론 초등학생도 하지 않을 법한 우스운 망상이었겠지만, 백신 본인이 왼쪽 무릎을 열어보고 '그'가 있는지 없는지를 확인하기 전까지는 모르는 일이었다. 나보다도 사랑했던 사람들도 실은 믿을 만한 사람이 아니었는데, 몸의 구조라고 어떻게 무작정 믿을 수 있을까.

서울에 사람은 여전히 많았고, 그럴수록 백신은 킁킁거렸고, 괜히 어깨를 움츠렸다. 그러다 알지도 못하는 사람과 눈을 마주치면 반사적으로 그에게 웃어 보이기도 했다. 사람들은 그를 따라 웃어주거나 흠칫 놀라거나 왜 웃고 그러냐는 듯이 인상을 찌푸렸다.

지난밤 백신이 꾼 꿈 따위는 전혀 알 바가 아니라는 듯 세상은 흘러갔다. 물소 떼와 해파리 군집, 탄산 기포 같은 사람들이 창밖으로 오가고 백신은 종종 현기증을 느꼈다. 오늘따라 차가운 표정이 더 자주 불쑥불쑥 튀어나와 난처하다고 생각했다.

*

하루가 순조롭게 흘러갔다. 왜인지는 모르겠지만 아무튼 조심하라고, 뒤에 누가 따라오는지 그런 것 좀 잘 보라고 말하고는 원래 하던 업무를 하나씩 수행했다. 떠들고 다닌 만큼 시간은 빠르게 흘렀다.

화장실을 다녀오는 사이 세탁부 윤 사모님과 후번 근무자인 혜미 씨가 프런트를 사이에 두고 이야기를 나누는 게 보였다. 옷과 구두를 주고받는 것을 보니 세탁한 근무복과 구두를 건네주러 온 모양이었다. 원래대로라면 근무복은 보통 지하 세탁부에서 직접 찾아야 했지만, 윤 사모님은 사람 자체가 저렇게 친절해서, 가까운 사람이 근무하는 날이면, 그리고 일손이 모자라지 않을 때면, 직접 유니폼을 챙겨 로비까지 올라오곤 하는 사람이었다. 아무렴 저렇게 따뜻한 사람도 없지, 백신은 생각했다.

도란도란 웃기도 하고 고개를 연신 끄덕이기도 하며 혜미와 수다를 나누던 윤 사모가, 대화가 다 끝났는지 마지막으로 고개를 한 번 더 숙이고는 돌아섰다. 그리고 그 순간 백신에게 보인 것은 윤 사모의 표정이었다. 거기에는 분명한 악의가 스며 있었다. 믿고 싶지 않았지만 그랬다.

백신은 알았다. 일이 정확히 어떻게 흘러가는지 알 수도 없으며 이렇다 할 증거도 없지만, 분명 무슨 일이 저질러지고 있다. 아니, 어쩌면 이미 저질러졌다. 윤 사모가 백신을 발견하고는 웃으며 인사를 건넸다. 그 역시 윤 사모에게 웃으며 고개를 숙였다. 백신은 그녀와 스친 뒤에 아주 조금 걷는 속도를 높였다. 그리곤 혜미에게 닿자마자 물었다. 혹시 윤 사모님이랑 무슨 일 있었어요?

“아니요. 그냥 이거 옷 받았어요. 왜요?”

“그래요? 근데 혜미 씨, 별일 없었어도 그냥 그 옷이랑 구두 좀 잘 봐봐요.”

“왜요?”

“그냥 봐봐요.”

혜미가 조금은 얼떨떨하지만 긴장한 모습으로 옷과 구두를 살펴보기 시작했다. 구두는 그냥 구두인데요. 옷도 그냥 내가 맨날 입던 옷인데…. 어머 근데 이게 뭐야?

그녀가 근무복 안주머니에 손을 넣었다가, 더는 그 안의 무언가를 만지기 힘들다는 듯이 손을 빼곤 옷을 뒤집어 바닥을 향해 털기 시작했다. 미세하게 짤랑거리는 소리가 들려왔다. 그곳에는 잘근잘근 결을 따라 부서진 커터칼 심이 있었다. 백신과 혜미는 말을 잃고 그것을 내려다볼 뿐이었다. 혜미의 오른손 손가락은 옷의 안주머니에 잠깐 들어왔다 나왔을 뿐인데 빨간 점들을 맺어내고 있었다.

"어떻게 알았어요? 조금 무서운데요, 선배님."

"모르겠어요. 그냥, 그냥 좀. 분위기가 찝찝했달까…."

백신의 얼버무리는 듯한 대답을 혜미는 하나도 받아들이지 못하는 것 같은 눈치였지만, 당장 그보다 중요한 건 과연 누가 혜미의 근무복에 커터칼 심들을, 그것도 아주 정성스럽게 한 칸 한 칸 끊어서 한 움큼을 넣어두었는지를 알아내는 일이었다.

혜미는 손끝에 맺힌 피를 닦아내지도 않고 곧바로 지하 세탁부로 내려갔다. 윤 사모는 자기에게 늘 친절한 미소를 보여주던 사람이었지만, 가장 마지막으로 자기 옷을 만진 사람도 윤 사모였으니, 조금은 분위기와 관계가 껄끄러워지더라도 어쩔 수 없이 그 사람부터 만나야 했다. 윤 사모가 보이지 않았다. 세탁기 앞에도 건조기 앞에도 수선실에도 없었다. 다른 이모님들만 계실 뿐이었다. 혜미는 그곳에서 두 번째로 오래 일한 최 사모에게 다가가 말을 걸었다.

"최 사모님, 혹시 윤 사모님 못 보셨어요? 조금 아까 만나서 옷이랑 구두는 받았는데, 뭐 물어볼 게 좀 있어서요."

최 사모는 윤 사모가 누구일까, 를 생각하는 듯하다가, 조금은 놀랐다는 표정으로 대답하기 시작했다.

"선영이? 선영이가 오늘도 옷을 가져다줬어? 하여간 얘는 끝까지 그렇게 부지런할 일인지. 선영이가 저기… 어제까지만 일하고 이 호텔 그만뒀어. 다른 일은 아니고 정리해고로. 부서별로 한 명씩 사람이 줄었는데, 어쩌다가 그게 선영이가 된 모양이야. 딱하지. 집에 대학 막 붙은 딸까지 있는데. 그 돈 먹는 하마를 앞으로 어떻게 책임지려고."

"정리해고라고요?"

어제까지만 나와도 됐을 윤 사모는 왜 오늘까지 출근해서 일하는 척을 했을까. 왜 다른 사람의 옷은 하나도 만지지 않고서 혜미의 옷만을 챙겨 혜미에게 건네줬던 걸까. 그렇게 건넨 옷에는 왜 날카로운 칼날들이 들어있었을까. 혜미가 뭔가를 잘못했을까. 자신이 회사에서 쫓겨나게 된 게, 인사팀에 친한 동기와 아는 선배가 있었던 혜미의 입김이 작용했기 때문이라고 생각해서였을까. 이러한 의심들은 과연 합리적인 의심일까 아니면 억측일까. 사실인지 아닌지를 정확히 알게 될 날이 과연 오기는 올까. 당사자가 자리를 떠난 지금, 이러한 의심 또는 망상이 과연 어떤 의미를 품게 되는 걸까. 과연 혜미는, 그리고 그 주변에 있었던 백신은, 누구를 믿고 또 누구에게 정을 주면서 지낼 수 있는 걸까.

시간이 흐를수록 로비를 드나드는 투숙객은 많아졌고 두 사람은 늘 그랬듯 분주해졌다. 백신의 마음은 어느 때보다도 뒤숭숭했지만, 그 위로는 웃는 얼굴만 한 겹 더 쌓아둘 뿐이었다.

아현

오늘 들어온 죽은 사람은 꽤 오래전에 죽은 사람이었다. 모든 고인을 직업적 사명감을 갖고 모시는 것이 맞았지만, 이제 웬만해선 사람의 죽은 몸 앞에서 놀라는 일도 잘 없었지만, 그래도 그런 상을 치르는 일은 늘 쉬운 일이 아니었다.

고인은 무연고자였다. 세상을 떠난 지 못해도 보름을 넘긴 뒤에 발견되어, 사람의 형체를 거의 잃어가고 있었다. 악취는 진동하고 몸의 곳곳에서는 구더기가 꿈틀거렸다. 60대 초반의 여성이었다, 는 정보는 그저 정보로만 존재할 뿐, 시신만 봐서는 절대 그 성별과 나이를 유추할 수 없었다. 그만큼이나 부패가 많이 진행된 시신은 보통의 고인들처럼 수의를 입힐 수도 없었다. 손을 대는 족족 살점이 뭉

그러지기 때문이었다. 아현은 하는 수 없이 다른 직원들의 도움을 받아 시신을 삼베 천으로 꼼꼼히 감아야만 했다.

시각적으로 또는 후각적으로 힘든 걸 떠나서, 가끔 그렇게 무연고자의 상을 치를 때마다 기분이 이상해졌다. 누군가의 죽음이 이렇게 조용할 일인가. 이렇게 조용해도 되는가. 정말로 연고가 없는 것도 슬픈 건 슬픈 거였지만, 연고가 있기는 있으나 누구보다도 가까워야 할 가족들조차도 외면하게 되는 죽음, 그리하여 완성되는 무연고의 죽음 이면에는 어떤 이야기들이 숨어 있는 걸까.

그러고 보니 요즘 무연고자가 잦았다. 이 주 전에도 또 삼 주 전에도 무연고자가 있었다. 삼 주 전의 무연고자는 오늘 입관한 무연고자와 성별도 연령대도 같았다. 그리고 부패가 진행된 정도까지도. 연락이 닿는 자녀가 있기는 있다고 하였으나, 형편이 마땅치 않아 정식 장례 절차를 포기, 무연고 장례를 치러야만 했던 딱한 케이스였다. 그리고 이 주 전의 무연고자는 다행히, 이런 말이 어울릴지는 모르겠지만, 무연고자치고는 시신의 상태가 온전했다. 부패가 거의 진행되지 않은 상태였다. 죽음을 맞은 지 얼마 지나지 않아 절묘한 타이밍에 발견되고 곧바로 수습된 덕분이었다.

어떤 죽음이었는지는 알 수 없었지만, 이 주 전의 그 남자는 길에서 발견됐다고 했다. 복부에 자상으로 보이는 좁고 얇은 틈이 몇 개나 있었지만, 눈을 감고 있는 얼굴은 더없이 조용하고 평온한 모습이었다. 날카로운 무언가에 찔렸을 거라고는 믿을 수 없을 정도로, 태어날 때부터 고통이라는 것을 몰랐던 것 같은 표정이었다.

싸늘하고 차가운 미형의 얼굴이었지. 그렇게 이 주 전의 무연고자를 생각하다가 돌연, 아현은 그 남자의 얼굴을 떠올렸다. 백신이라는 남자. 며칠 전에 어쩌다 같이 술을 몇 잔 마셨고 나의 이름은 듣지도 않고 쌩 나가버린 남자. 그 남자가 내내 싱글벙글 웃기만 하다가 종종 보여주는 그 싸늘한 표정에선 묘한 기시감이 느껴졌었는데, 어쩌면 그건 그 표정이 일할 때 눈 감은 얼굴들로부터 봤던 것과 비슷하기 때문이었을까.

어쩐지 집에 가기 무서워졌다고, 생각했다.

이번 달에는 더 쓰면 카드 한도가 아슬아슬해질지도 모르는데.

*

그래도 한 번 가본 길이라고 호텔로 가는 길은 익숙했다. 자고 갈지 그냥 집에 갈지는 분명하지 않았지만, 그래도 이왕 고민할 거 그 앞까지는 걸어가 보자는 마음이었다.

프런트에 그 남자는 없었다. 왠지 모르게 심기가 불편해 보이는 젊은 여자 한 명만 있었다. 오늘은 근무일이 아닌가. 하긴 동네 모텔도 아닌데 어떻게 그 사람만 맨날 일하겠어. 여자가 아현을 향해 고개를 숙이며 말을 걸어왔다. 안녕하십니까, 필요한 게 있으실까요? 방이 있냐고 물어볼까. 아니지, 멍청한 소리, 당직을 마치고 점심까지 먹고 나왔지만 시간은 고작 낮 한 시였다. 한 시부터 손님을 받는 호텔은 아현이 아는 선에선 한 곳도 없었다. 아현은 아현도 모르게 이렇게 말했다. 아니요, 아니에요. 그런데 여기 신홍대 병원 가려면 어느 방향으로 가야 해요?

'네가 걸어온 방향 그대로 돌아가면 너희 회사가 나오죠, 이 멍청한 것아.'

아현은 인상을 찌푸리며 크게 한숨을 쉬었다.

*

서점을 들렀다가, 청계천을 따라 한참을 걷다가, 사지도 않을 옷들을 구경하다가 그 가게 앞에 도착했을 때는 저녁 여섯 시를 갓 넘기고 있었다. 다시 그 식당이었다. 소주, 라고 적힌 필름지가 너덜거리는, 나는 라면을 찾고 그 사람은 통닭발을 찾았던 그 식당. 아현은 작게 몇 번 숨을 쉬고는 미닫이문을 열었다. 마침 출출했고 이곳만큼 적당히 인적이 드문 곳이 없어서, 라는 이유를 들었지만, 어쩌면 내가 다른 무언가를 원하는 건가 하는 생각이 들기도 했다.

그 남자가 또 혼자 앉아 있었다.

백신이 있었다. 아현은 어째선지 문을 연 그 자리에 가만히 서서 그의 얼굴을 보기만 했다. 그 남자가 얼른 고개를 들어 자신을 알아봐 주는 상상을 했다. 그렇게 나 어떻게 하면 좋겠냐는 듯이 서 있는 아현에게 무슨 말이라도 걸어주는 상상을 했다. 오늘도 적지 않은 양의 술을 나눠 마시는 상상을 했다. 고개를 얼른 들지 않더라도, 단번에 그녀를 알아봐 주지 않더라도, 이내 눈을 똑바로 뜨고는 늦게 알아봐서 미안하다고, 뭐가 미안한지는 모르겠지만 아무튼 미안하다고 말해주는 상상을 했다.

그리고 백신은 그를 알아주기라도 하듯, 고개를 들고 그녀를 보고는, 웃으며 이렇게 말해오는 것이었다. 오, 그러니까. 장례지도사. 앉아요, 여기.

장례지도사 아니고 문아현이거든요. 라고, 어울리지 않는 투정을 부리려다가 말았다. 남자의 앞에는 라면 그릇이 놓여 있었다. 라면은 안 시켜도 되겠네. 아현은 닭발을 하나 주문하며 남자의 건너편에 앉았다. 뭐예요? 오늘 호텔에서 일했어요? 아까 호텔 앞에 지나가다가 슬쩍 보니까 없던데? 한 명만 일하고 있던데? 아니면 이 주변에 사나? 내가 너무 물어보는 게 많은가?

백신은, 그 특유의 기가 막힌 웃음을 지어 보이곤 대답했다. 아, 저 화장실 갔다 오는 사이에 오셨었나 보다. 오늘 출근하긴 했었어요. 오전 조라 퇴근이 좀 빨랐고. 근데 아현 씨는 또 여긴 웬일이에요? 아현 씨야말로 이 주변에 사나?

"내 이름을 아네요? 어떻게 알지?"

"그때 프런트에 있던 사람이 저였는데요? 저 기억력 꽤 좋거든요."

"투숙객 이름을 다 기억해요?"

"그럴 리가요. 그때도 슬쩍 비슷하게 말했지만, 아현 씨 때문에 그날 내내 초조했으니까."

"그랬지. 문제아라서 기억한 거였구나. 그날은 미안했어요."

"미안하라고 한 말은 아니고요."

"근데 이름 알고 있었으면서 왜 조금 전에는 장례지도사라고."

그렇게 말하니 백신은 또 웃기만 한다. 얄미운 웃음이라고 생각했다. 이 사람은 난처하거나 원하는 바가 있을 때마다 저런 식으로 웃는 사람이구나. 얍삽하기도 얍삽하지만, 그게 통할 만큼 근사한 웃음이기는 했다.

이번에도 두 사람은 누가 뭐랄 것도 없이 함께 술을 마셨다. 그러면서 시시콜콜한 말들을 주고받았다. 오늘은 왜 또 집에 들어가지 않았는지에 관해. 왜 이곳에서 술을 마실 생각을 했는지에 관해. 장례지도사와 호텔리어는 각각 근무 스케줄이 어떻게 되는지에 관해.

"…그래서 오늘은 좀 환멸감이 들었달까요. 누가 그런 짓을 왜 저지른 건지. 확실한 건 아무것도 없지만요."

"그랬구나. 그래도 김빠질 만하네. 근데 그게 고충이라면 고충이겠어요. 아무리 컨디션이 안 좋거나 힘든 일이 있어도 계속 웃어야 하는 거. 나는 안 웃어도 되거든요."

"그렇겠네요. 오히려 웃으면 좀 이상해 보이겠구나 그 일은."

"그렇죠. 또 뭐 직업병 같은 거 없어요?"

"글쎄. 아 그건 있어요. 나는 가끔 퇴근 후에 마주치는 모르는 사람들한테도 안녕하세요 하고 웃으면서 인사해요. 그럼 사람들이 이상해하거나 오해하지. 뭐 길에서 영업하거나 포교하는 건가 하고."

백신과 아현이 동시에 웃었다. 그리고 아현은 생각했다. 내가 웃는구나. 이 사람처럼은 아니어도 웃기는 웃는구나. 백신도 마침 말을 건넸다.

"이렇게 웃을 줄도 아네요."

"저도 사람이에요. 웃을 줄은 알죠. 어색할 뿐이지."

별꼴이라고 생각했다. 술이 깊은 대화를 만들어 줬고 그녀를 조금씩 다른 사람으로 만들고 있는 것 같았다. 요즘 들어 술을 자주 마시긴 했지, 내가. 또 술도 술이지만, 무엇보다 이 사람을 향해 품게 되는 알 수 없는 호기심과 근거도 없는 안정감 탓도 있었을 것이다. 사람은 원래 자기와는 정반대에 서 있는 사람, 자신에겐 없는 것을 지닌 사람에게 끌리는 법이라고들 했으니까.

"만나는 사람은 없어요? 이러고 있으면 혼나는 거 아닌가?"

"아쉽게도 없어요. 한 한 달 전쯤 헤어졌나?"

“그럼 내가 괜한 걸 물어봤나? 아직 좀 속이 쓰릴 시기 아니에요?”

백신은, 아니에요, 말하고선, 진짜로 조금은 쓰다는 듯한 표정을 지으며, 또 지금 마시는 것과는 다른 회사의 로고가 새겨진 소주잔을 만지며, 자주 이런 식으로 쉽게 만나고 헤어져요, 라고 덧붙였다. 자기는 좋은 사람의 모습을 만들어 가며 좋은 연애를 해나간다고 생각하는데, 그와 만나는 사람들마다 곧 그를 떠나곤 했다고. 연인 사이에서 어렵지 않게 느낄 수 있는 신뢰감이나 애정 같은 게 도무지 느껴지질 않는다는 말과 함께였다고.

백신의 말만 들었을 뿐이지만, 그가 한 달 전에 헤어진 그 사람은 어떤 남자라도 좋아할 수 있는 이상적인 사람이었다. 화려하고 어디서든 사랑받는 사람. 그다지 잘 사는 것은 아니지만, 또 못 사는 것도 아닌 사람. 적당한 명품과 해외여행을 가끔 즐길 수 있는 사람. 사랑을 전하기를 즐기고 동시에 사랑을 갈구하기도 하는 사람. 그만큼이나 먼저 진심으로 다가가야 하고 어느 정도는 노력과 정성을 쏟

아부어야 하는 사람.

"그래서 그때도 맛있는 술을 하나 샀었거든요. 비싼 건 아니고 그냥 미국산 와인 한 병이었어요. 처음 만난 날에 같이 마신 와인이었는데, 그때 그 맛이 너무 좋아서 또 먹자고 약속했었어요. 그래서 사놨었고. 근데 걔랑은 결국 잘 안됐죠. 인간미가 없다나. 사랑이 안 느껴진다나."

별로 인간미가 없는 것 같진 않은데, 아현은 생각했다.

생각해보면 이별이라는 건 늘 그랬다. 전적으로 한 사람의 잘못으로 벌어지는 이별은 거의 없는데, 이별하고 나면 자기도 모르게 자신의 말과 행동을, 과거를 복기하곤 했었다. 한때 아현이 꽤 진심으로 만났던 영관이라는 남자 역시 누가 봐도 좋은 사람이었다. 외모도 외모였고 주변 관계도 관계였지만, 무엇보다 배울 점이 많다는 것이 그의 가장 큰 장점이었다. 처음에는 그런 줄로만 알았다.

영관은 아현의 눈썹과 콧대를, 과하지 않은 옷차림과 차분한 말투를 좋아했지만, 가끔 어쩔 수 없이 드러나는 냉소적인 표정과 태도를 탐탁지 않게 여기곤 했다. 그리고 그것을 고쳐야 할 무언가인 것처럼 대했었다. 정말 기분이 안 좋고 몸이 찌뿌둥하면 아침이나 밤에 운동을 좀 해. 네 태도와 사교성이 마음에 안 들면 모임이라도 좀 찾아봐. 사람들의 편견이 두려우면 너를 좀 꾸며봐. 네가 약해서 그래. 나아지려 노력하지 않아서 그래. 안 먹어서 그래. 세상이 원래 그래. 사는 게 원래 그래.

아현은 그런 그를 앞에 두고 있을 때마다 하루만큼 잘못된 사람, 잘못 사는 사람이 된 것 같았다. 일하는 시간이 불규칙해서 몸이 안 따라오는데 어떡해. 사람들 앞에서 억지로 다른 사람이 되긴 싫은데 어떡해. 돈이 없는데 어떡해. 그런 말들이 울컥울컥 튀어나오려 했지만, 변명을 둘러대듯 말하긴 싫어서. 그리고 어디 한번 한마디라도 더 해보라는 표정으로 기다리는 영관이 무서워서 꾹 참을 수밖엔 없었다.

"아무튼 그래서 같이 마시기로 한 그 술을 혼자 마셨어요. 맛있더라구요. 애인이랑 같이 마셔서 맛있는 술인 줄 알았는데 그냥 맛있는 술이었어."

별로 웃긴 이야기 같지도 않은데 또 웃네. 아현은 생각했다.

"아현 씨야말로 없어요? 전에 누가 따라오는 것 같던데. 남자친구인가 생각했었는데."

"나를? 어떤 사람이요?"

"호텔 앞에서요. 그날 체크인하기 직전에요. 뭐라고 딱 설명할 수 없을 정도로 평범한 느낌의 사람이었는데요. 위아래로 비닐로 된 검은 운동복을 입고 있으셨나, 아무튼. 너무 빤히 보면서 따라오길래 일행인 줄 알았지."

"위아래로 검은 운동복? 일행 없었는데. 근데 나도 그런 옷 입은 사람 봤어요. 근데 호텔 앞에서는 아니었는데. 회사 주변에서였는데. 뭐지? 요즘 그런 스타일이 유행인가?"

"뭐, 그런가 보죠. 아무튼 모르는 사람이었다는 거네요."

"그렇죠. 뭐 없어요. 저 같은 사람이 어떻게 누구를 만날 수 있겠어요."

"아현 씨 같은 사람이 어떤 사람인데요?"

"그냥요. 좀 칙칙하고 여리여리한 맛도 없고. 잘 웃지도 않고 애교도 없고…."

"애교는 몰라도 웃는 건 아까 잘 웃던데? 그리고 너무 화사하게 옷 입는 거 별로 안 좋아하는 사람도 많아요. 오히려 차분한 게 좋던데. 나도."

술기운이 뒤늦게 오르는 것 같았다. 순간적으로 열이 올라 이마에 뭔가가 맺히는 듯한 느낌마저 들었다. 기분 탓이었을까. 그때 등 뒤에서 가게 문 열리는 소리가 들리며 바깥바람이 불어 들어왔다. 맺혔던 것이 마르는 느낌이 들었다. 바람이 반가웠다.

가게로 들어온 중년 남자 둘이 가운데 통로를 사이에 두고 멀찍이 떨어져서 자리를 잡았다. 그들 모두가 자신을 위아래로 훑는 것을 느꼈다. 익숙했다. 자신과 몇 마디를 나누거나 자신을 자세히 보기 전까지는, 대체로 남자들의 시선을 끌 만한 첫인상이긴 했다. 자신은 몰라도 누가 그렇다고 말했었다. 느낌이 차가워서 그렇지, 얼굴이 하얗고 선이 얇아서 누구든 한 번은 돌아볼 얼굴일지도 모른다고. 대수롭지 않게 그들로부터 시선을 거두고 시선을 술잔으로, 다시 술잔 너머에 있는 백신에게로 옮기는데, 거기엔 싸늘한 표정을 짓는 백신이 앉아 있었다. 그는 자리를 잡고 앉은 그들로부터, 그들이 위험한 사람인지 아닌지, 나쁜 의도가 있는지 없는지를 읽기라도 하듯이 그들을 쏘아보고 있었다. 그리곤 이내 아현을 따라 시선을 거두곤, 늘 그랬듯 웃어 보이는 거였다.

도무지 적응되지 않는 차가운 표정이지만 그게 이상하게 예쁘다고 생각했다. 어쩌면 오늘 이 사람 집에서 잘 수도 있겠다, 문득 그런 생각도 했다. 하지만 그건 어디까지나 가벼운 밤이겠지. 거기에 높은 확률로 사랑은 없겠지.

늘 그랬듯. 나 같은 애를 누가. 어쩌면 저런 거친 표정으로 내 몸을 탐하는 데에 열중할지도 모른다. 근데 나는 이 표정이 왜 이렇게 좋지?

"가끔 표정 진짜 차가워지는 거 알아요?"

"미안해요."

"미안해하라고 한 말은 아닌데."

"변명은 아닌데, 제가 원래 이렇진 않았거든요."

"원래 이렇다는 게 뭔데요?"

"옛날엔 자주 웃지도, 그렇다고 차가운 표정을 짓지도 않았어요."

"그럼 어땠는데요?"

"남들이랑 되게 비슷했죠. 학교 가기 싫다고 짜증도 내고. 안 웃기면 안 웃고. 웃기면 웃고. 무슨 일 생기면 당황스러워하고. 근데 어느 순간 이렇게 돼버렸나 봐요. 완전 극과 극으로. 표정의 낙차가 되게 커져 버렸어요."

"왜 그렇게 된 것 같은데요? 이유라는 게 있지 않았을까?"

음, 백신은 무언가를 생각하는 듯 오른쪽 검지를 들어 입술을 두드리며 눈을 굴리기 시작했다. 시선이 닿는 곳에는 문이 열리고 닫히며 한쪽 구석으로 곱게 모인 먼지도 있었고 소리 없이 뉴스 속보가 계속 송출되는 오래된 텔레비전도 있었고 조금 전까지 아현을 훑어보던 남자들도 있었다. 하지만 그 시선에는 더는 조금 전의 싸늘함은 남아 있지 않았다.

"일단 저는 사람을 믿지 않아요."

"사람을 믿지 않는다."

"네. 사람 마음이 이랬다가 저랬다가 한다는 것 때문에 그 마음을 믿지 않는 것도 있지만, 그냥 사람이 내 앞에 있다는 것 자체가 안 믿길 때도 있죠."

"예를 들면 내가 이렇게 앞에 앉아 있는 것도 안 믿길 때가 있다."

"네. 미안한 이야기지만."

그는 아주 천천히, 가끔 이곳저곳을 향해 눈을 굴리면서 다소 깊은 곳에 있었던 것 같은 이야기를 하기 시작했다. 그가 당했던 크고 작은 배신에 대하여. 그 안에 있었던 추악함에 대하여. 또 이별들로부터 느낀 슬픔들에 대하여. 자신이 사랑했던 사람들은 너무 쉽고 빠르게 세상을 떠나기도 했으며 낫지 못할 병에 걸리기도 했었다고. 그러므로 가끔은 자신의 팔자가 기구하다고 생각해서, 괜찮아 보이는 누군가가 다가온다고 해도 그 사람이 걱정되어 그를 튕겨냈던 때도 있었다고. 또 계속 자유롭지 못하게 지낸다고. 나를 배신한 사람, 세상을 떠난 사람, 아프게 된 사람,

슬프게 된 사람들을 닮은 사람만 봐도 길거리에서 몇 분을 멈춰서 서 있게 돼버린다고.

"그건 근데 너무 자기중심적이다. 기구한 운명 같은 건 없어요. 그냥 어쩌다가 백신 씨 주변에 그런 사람들이 있었을 뿐이지."

"그런가요. 아무튼 난 그래요. 그런 흐름을 타고 오다 보니 이렇게 됐어요. 나도 보통의 사람들처럼, 누구를 만나서 결혼도 하고 아이도 낳고 그 아이가 자라면 주말에 차를 몰고 에버랜드도 가고, 그러고 싶었는데."

아현은 그렇게 말하는 백신의 표정을 꽤 오랫동안 지켜보았다. 눈을 깔고 바닥 어딘가를 응시하며 말하느라 그녀의 시선을 알아채진 못하는 눈치였다. 거기엔 기가 막히게 웃는 표정도 싸늘함도 없었다. 묘한 울적함만이 있었는데, 그게 꼭 아현의 눈에는 갓 태어난 아이의 울음처럼 보이는 거였다.

백신

이날 이때쯤에 여기서 다시 만나서 마시자고, 약속이라도 한 것처럼 자연스러운 술자리라고 백신은 생각했다. 마침 내가 고단할 때 저 사람도 비슷하게 고단한 걸까. 아니면 저 사람이 매일에 가깝게 이곳에 자주 오기 때문에 올 때마다 마주치는 걸까. 모르겠지만 성가시면서도 다행이라고 생각했다. 성가심은 혼자만의 속도로 술을 마시고 싶었는데 그걸 방해받았기 때문이었고 다행인 건 혼자 술을 마실 때의 밑도 끝도 없이 추락하는 느낌을 조금 덜 받지 않을까 하는 기대감에서였다.

저번엔 어쩌다 보니 둘이서 라면만 먹었는데 이번엔 라면과 닭발, 안주 두 개가 공평하게 조금씩 줄어들고 있었다. 뼈가 섞인 음식을 발라 먹는 과정(입에 무언가를 넣었다가 남은 것을 어딘가로 뱉어내는 일)은 늘 조금은 부끄럽게 다가오곤 했는데, 그래도 한 번 본 사이라고 저번보다는 서로가 편해진 모양이었다. 이 사람도 나를 편하게 생각하고 있을까. 백신은 앞에 앉아 소주를 들이켜는 아현을 보고는 문득 그게 궁금해지기도 했다.

"저번에도 생각한 건데 술을 꽤 잘하네요."

"그런가? 자주 마시긴 하는데, 근데 이것도 칭찬인가?"

"칭찬 맞아요. 술이 필요한데 술을 못 하는 사람들은, 그 술 마시는 과정을 온전히 즐기지 못해서 힘들어하더라고요. 한 잔이 한 병 되고, 그러면서 슬프다가 웃기다가 하는 과정이 없이 곧바로 취해버리기부터 하니까."

"나도 그랬어요. 처음부터 술을 즐겼던 건 아니었어요. 처음엔 아예 입에도 못 댔지."

"그랬어요? 근데 어쩌다? 이렇게?"

"일하다 보니까 이렇게 되더라고요. 사람 죽은 거 본 적 있어요?"

"보통은 거의 못 보죠. 해봤자 어르신들 돌아가셨을 때 수의 입으신 것 정도?"

"그렇죠? 근데 난 그걸 매일 보니까요. 그렇게 수의를 입혀드리는 일을 하는 게 바로 나니까. 수의 입혀드리기 전에, 그러니까 몸을 씻겨드리기도 전에는, 진짜 죽음의 냄새가 모든 감각을 통해서 느껴지거든요. 그게 좀, 힘들어요."

그래서 마시게 됐죠, 라며, 아현이라는 여자는 담담하게 말했다. 수의를 입힐 정도로 온전한 시신만 담당한다면야 그렇게까지 힘들진 않겠지만, 때로는 부패한 시신이나 사고나 자살로 많이 훼손된 시신을 담당할 때는 배로 힘들어진다고. 그런 경우엔 수의를 아예 입히지 못하는 경우도 있어서, 삼베로 된 천으로 몸을 둘러드리기만 하는 경우도 있다고. 그러면 가끔 그 천을 뚫고 핏자국이 빗자국처럼 점으로 점으로 새어들기 시작하는데….

아현은 거기까지 말하고는 남자의 눈치를 살폈다. 백신의 얼굴이 이유가 명확하지 않은 죄송스러움과 두려움에 휩싸여 있었기 때문이다.

"미안해요, 익숙하지 않은 사람이 듣기엔 너무 적나라한 이야긴가?"

"아니에요. 근데 보통은 이런 이야기를 들을 일이 없으니까. 훼손된 시신이라든가 부패한 시신이라든가."

"나만 느끼는 미묘한 변화일 수도 있는데, 점점 외로운 죽음이 많아지는 것 같아요. 그 죽음을 알아주거나 슬퍼해 줄 사람도 거의 없거나 아예 없는."

"무연고자의 죽음이라는 건 되게 외롭고 슬픈 거였네요."

"근데 나는 우리라고 그다지 그들이랑 다르다고 생각 안 해. 법에서 정해둔 가족이랑 친척이 있다고, 집이 있다고 뭐 무연고자보다 더 나은 삶이라는 게 있나요?"

"그것도 그렇다. 내가 생각이 좀 짧았나."

"꼭 그렇다는 것도 아닌데요. 내가 백신 씨를 잘 아는 사람도 아니지만, 어차피 찬찬히 뜯어보면 결국 우리 둘 다 결핍 있고 망가진 애들인데, 우리가 무연고자랑 다를 게, 나을 게 뭐가 있을까. 그런 생각을 자주 해요. 나는 그래요."

백신이 알맞은 대답을 찾으려 눈을 굴렸다. 그러다 다시 쳐다본 아현의 얼굴은 웃고 있었다. 마치 자신이 그를 곤혹스럽게 만든 것 같아, 그게 조금은 미안하면서도 재밌다고 여기는 듯한 웃음이었다.

"아무튼, 그래서 마셔요. 술도 마시고 담배도 피우고 다 하지. 어디서 듣기론 가장 담배를 많이 피우는 다섯 직업 중 하나가 우리라던데요?"

그녀는 거기까지만 말하곤, 말하다 보니까 담배를 피우고 싶어졌다고 말하며 잠깐 가게를 나섰다. 그런 말들은 백신에겐 꽤 위태롭게 들렸다. 호텔리어 일은 백신에게 아주 즐거운 일은 아니었지만, 적어도 매일같이 그를 갉아먹는 일은 아니었기 때문이다. 그에 반해 장례지도사의 일은 아현을 하루만큼씩 갈아서 소비하는 일처럼 느껴졌다. 치즈나 트러플 같은 식재료를 강판에 미세하게 갈아서 재료의 기능을 하게끔 하는, 그런 프로세스 같았다. 답답했다. 아현이 나간 지 어느덧 삼 분이 흐르고 있었다. 담배는 피우지 않았지만, 바깥 공기도 조금 마실 겸 백신도 자리에서 일어나 가게를 나섰다.

아현이 쪼그려 앉아 담배를 피우고 있었다. 물고 있는 담배의 길이가 꽤 긴 것을 보아 두 개비째인 것 같았다. 백신은 아현을 따라 쪼그려 앉기에는 뭔가 좀 이상해서, 가만히 서서 깊게 숨 쉬는 시늉을 했다. 담배 냄새가 한 줄기 피어져 올라왔다. 불쾌한 냄새는 아니라고 생각했다.

"이러면 기분이 좀 나아지긴 해요?"

"음, 나아지려고 그런다기보단, 그냥 이거 핑계 삼아서 도망치는 거죠. 일하다 보면 가끔 마음이 너무 힘들어서 울고 싶어질 때가 있는데, 그게 또 유족한테는 실례처럼 다가갈까 걱정되기도 하거든요. 그러면 그냥 이렇게 병원 건물 뒤에서 담배나 피우면서 우는 거죠."

그리곤, 이렇게요, 라고 말하는 거였다. 백신이 옆을 내려다보니 그곳에선 아현이 눈물을 흘리고 있었다. 왜 갑자기 울어요, 물으니, 아현은 별일은 없다고 답했다. 그냥 이제는 울면서 담배 피우는 게 하나의 동작이 돼버려서, 안 슬프고 안 무서워도 눈물이 날 때가 있다고. 지금처럼. 그렇다고 오늘의 일이 힘들지 않았다는 건 아니에요.

"그거 진짜 천직 맞아요?"

"사실 이렇게 살아도 되나 싶긴 해요."

"그래서 오늘도 이렇게 술 마시는 거고? 이따가 다 마시고 나서는 또 호텔에서 잘 거고?"

"아니요, 돈 아껴야 해서 오늘은 호텔 안 가요."

"그럼 왜 이 동네에 있어요? 여기 살아요? 힘든 날엔 집에서 잘 못 잔다면서요?"

"아니요, 그냥. 퇴근한 뒤로 쭉 이 동네에 있는 거예요. 잠은 모르겠어요. 그냥 어떻게 되지 않을까."

이상한 편안함. 이상하게 잘 맞는 사람이다. 백신은 그렇게 생각했다. 그리고 그녀의 대책 없음이 사랑스럽다는 생각도 잠깐. 백신은 홀린 듯이, 깔끔한 미소도 싸늘한 표정도 무엇도 아닌 흐리멍덩한 표정으로 말을 뱉었다.

"그럼 우리 집에서 더 마셔요. 그러다가 여차하면 자고 가도 되고."

아현은 몇 초 동안, 백신을 빤히 올려다보더니, 저는 가란다면 진짜로 가요, 말하고는, 아직 기다랗게 타고 있는 담배를 중지로 털어서 끄곤 몸을 일으켰다.

거기엔 기가 막히게 웃는 표정도
싸늘함도 없었다.

묘한 울적함만이 있었는데,
그게 꼭 아현의 눈에는
갓 태어난 아이의 울음처럼 보이는 거였다.

백신

전에도 종종 술을 마시다가 늦어버리거나 귀찮아져 버리면 이렇게 택시를 타곤 했었다. 호텔이 있는 동네에서 백신의 집이 있는 동네까지는 택시로 이십 분을 넘기지 않았다. 하지만 그 차로 이십 분이라는 거리는 생각보다도 더디게 흘러가서, 기사와 몇 마디 농담을 나누고 나서도 노래를 몇 곡이나 듣고 나서도 좀처럼 끝이 보이지 않았다.

차가 안 막히는 걸까, 아니면 기사가 운전을 잘하는 걸까. 아현과 나란히 앉아 집으로 가는 이십 분은 이상하리만치 빠르게 흘러갔다. 누구와도 농담을 주고받지 않았다. 음악을 듣지도 않았다. 그저 창밖만 보고 있는데도, 종종 옆에 앉은 아현의 불규칙하게 까딱거리는 손가락이랄지 마찬가지로 창밖을 보고 있는 옆얼굴을 보는 것만으로도 차는, 그리고 시간은 빠르게 달리기만 했다.

백신의 집이 있는 골목은 차로 들어갈 수도 있지만, 그보단 대로변에서 내려 완만한 내리막을 타고 사오 분을 걸어 내려가는 게 심적으로나 분위기적으로 더 좋았다. 백신과 아현은 편의점에 들러 마실 술과 소소한 간식거리를 사고는, 천천히 밤의 내리막길을 걸어 내려갔다.

"뭔가 대학생들이 살 법한 집이 많네요."

이 주변에는 처음 와본다는 듯 아현이 물었다.

"맞아요. 이 주변에 대학교가 두 개 있는데, 나도 그중 하나를 나왔거든요. 마침 취직한 호텔이 그리 멀지도 않아서, 졸업한 뒤부터 지금까지도 꽤 오래 살고 있어요."

그러니까 아현 씨가 곧 볼 방은, 나의 대학 시절을 엿볼 수도 있는 공간이라는, 거죠, 네. 백신이 어딘지 모르게 쑥스럽게 말을 마쳤고 아현은 영문을 모르겠다는 표정을 지었다.

백신의 집은 늘 그랬듯 무척 정리가 잘 되어 있었다. 커피를 내려 마시는 장비들 주변에도 커피 가루 한 톨 없었고, TV 앞 낮은 테이블에 놓인 두어 권의 책에서도, 알록달록한 물감들과 들쭉날쭉한 붓이 둘러싼 이젤의 주변에서도 설명할 수 없는 규칙성 같은 것이 느껴지는 것만 같았다. 침실과 거실 겸 주방으로 나뉜 두 구역은 다른 톤의 조명이 경계를 분명히 만들어 주고 있었다. 고양이가 새로운 영역을 탐색하는 것처럼 눈을 크게 떴다가 가늘게 떴다가를 반복하는 아현에게, 백신은 물었다.

"집이 지저분하죠?"

"빈말하지 말아요. 난 우리 집 생각하면서, 지금까지 내가 잘못 살아온 건가 반성하고 있었으니까."

아현이 백신을 흘겨봤고, 백신은 이제 아현이 잘 알고 있는 난처하다는 듯한 미소로 화답했다.

"일단 제가 간단히 술 좀 내놓을 테니까 소파에 앉아 있어요. 그리고 이따가 잘 땐 안쪽 침실 쓰면 돼요. 난 오늘 소파에서 자면 되니까."

"저는 그러라면 진짜로 그래요."

"저도 이번엔 빈말 아니에요. 그나저나 동네가 진짜 조용하죠?"

"그건 정말 그래요."

우주 한가운데에 이 집만 둥둥 떠 있는 것 같은 적막. 기다란 테이블을 중심으로, 아현은 소파를 등지고 앉고 백신은 주방을 등지고 앉고는 각자의 캔맥주를 홀짝거렸다. 가끔 입이 심심하다 싶을 땐 칼국수처럼 자잘하게 썰린 육포를 질겅거렸다. 그 먹고 마시는 소리가 유독 커다랗게 들리는 것 같았다. 하지만 별다른 말을 하지 않아도 불편하지 않을 수 있구나, 백신은 몰래 놀라워했다. 아현은 그런 그를 잠깐 보더니, 그 속마음을 간파하기라도 한 듯 말을 꺼내기 시작했다.

"난 조용한 게 좋아요. 어디서든 늘."

"어디서든지? 어떤 상황에서든지요?"

"네. 일단 내가 일하는 곳이 거의 늘 조용해요. 슬픈 소리가 귀를 찢을 때도 있지만, 보통은 공기가 무겁게 짓누르는 것 같거든요. 또 거기선 억지로 말을 꺼낼 필요도 없고, 누구 기분을 맞춰주면서 떠들 필요도 없고…."

"그럼 회사가 아닌 데선? 누구 만나거나 그럴 때도 말을 별로 안 하는 편인가?"

"그렇죠. 애초에 친구도 별로 없고 모임을 엄청 좋아하는 성격도 아니고, 수다에는 소질이 없거든요. 심지어 저번에는 음악 잘 틀기로 유명한 카페가 있길래 가봤는데…."

백신은, 그렇게나 수다에 소질이 없다는 것치곤 쉴 틈도 없이 떠들어대는 그 입이 어딘지 모르게 귀여워서, 또 짓궂긴 하지만 그걸 잠깐 막아보기도 하고 싶어서, 가느다란 육포를 집어 그 입에 들이밀어 보았다. 아현은 말을 하다 말고 아주 자연스레 그것을 입에 물고는, 아랑곳하지 않고 말을 이어가기 시작했다.

“그래서 가봤는데. 음악으로 유명한 곳인 거 알고 모인 사람들이면, 아예 입을 다물고 있지는 못하더라도 목소리는 조금 줄여야 하는 거 아니냐고요. 나는 사람들 다 있는 곳에서 크게 떠드는 게 그렇게 싫더라. 난 그 사람들이 크게 웃는 소리가 아니라 음악을 들으러 간 건데.”

“그랬구나.”

응, 그랬죠. 짧게 따라서 대답하고 아현은, 뒤늦게 뭔가가 잘못됐다는 표정을 짓고는, 물고 있던 육포를 손으로 내려놓았다. 그리도 몇 초가 흘렀을까. 묘한 표정을 지으며 한마디 말을 덧붙였다.

“근데 넌 목소리가 왜 이렇게 좋아요? 다시 말해봐. 그랬구나 해봐.”

*

비릿한 맥주와 꼬릿한 육포, 키스라는 것에도 어울리는 페어링이라는 게 있다면, 그 두 가지는 키스와는 퍽 어울리지 않는 조합이었다. 하지만 이미 많이 취한 탓이었을까, 아니면 이 사람 특유의 날숨의 향이나 체취 같은 게 좋아서였을까, 아현과 소파에 겹쳐 입을 맞추고 있는 순간, 호흡을 나누는 순간이 백신은 달기만 했다. 아주 잠깐, 밖에서 누군가와 함께 술을 마시는 날에는 종종 그 사람의 집에서 함께 잠을 잤다는 그녀의 말이 스치기도 했지만, 그건 그다지 상관없었다. 이 사람이라면 나를 그런 용도로 한 번쯤 사용해도 괜찮을 것 같다는 생각이었다. 심지어 나 역시 이 여자를 진심으로 사랑하는 것도 아닐뿐더러….

침실이 멀었다.

백신과 아현은 조금 전까지 아현이 기대앉아 있던 좁은 소파에서 순서 없이 옷을 벗고 좁은 반경으로 움직였다. 누군가를 집에 들인 게, 또 누군가와 몸을 섞는 게 오랜만이어서 그랬을까. 꼭 맨 처음 관계를 맺는 사춘기 학생처럼 금방이라도 이 시간을 엎질러버릴 것 같아, 백신은 조금씩 인상을 찌푸리며 몸을 움직였다.

아현이 좋거나 무언가를 느끼고 있다는 교성을 넘어서 울고 있다는 것을 눈치챈 것은, 그러한 억지 집중을 끝마칠 때쯤이었다. 아현은 울고 있었다. 그건 행위로부터 비롯된 울음이 아닌 감정으로부터 비롯된 울음 같았다. 백신은 그녀가 왜 우는지는 알 수 없었지만. 어째선지 그게 참 애틋하게 다가와 그녀를 꼭 끌어안았다. 그리고 애써 부여잡고 있던 의식의 잔을 엎질러버렸다. 그건 정말 웃음 같은 것도 정적 같은 것도 수다 같은 것도 필요 없는. 우는 모습도 우는 얼굴도 내가 만질 수 있어서 괜찮아지는. 하지만 정말이지 환희인지 고통인지 슬픔인지 모를 울음이었다.

*

초등학교 4학년생 때쯤이었을까. 그때 매일 붙어 다녔던 같은 반 짝꿍 여자애가 있었다. 멀리서 보면 분홍색 플라스틱 안경테와 칼로 똑 하고 자른 것 같은 단발머리만 보이는 애였다. 예쁘다는 말을 단 한 번도 들어본 적이 없는 아이였으므로, 그 옆에 붙박이 가구처럼 붙어있던 남자애는 어쩌면 당연히도 백신 한 명뿐이었다. 백신과 그 여자애는 수업 시간에도 쉬는 시간에도 쉴 새 없이 수다를 떨었다. 각자의 부모에 관해, 각자가 사는 동네에 관해, 좋아하는 만화영화나 가수에 관해. 해야 할 이야기가 남은 것 같은 날에는 학교를 마친 뒤에도 운동장을 빙빙 돌며 한 시간이고 두 시간이고 말을 주고받기도 했다.

종종 반 아이들은 그 두 사람을 보며 우리 반 공식 부부가 지나간다며 입으로 결혼 행진곡을 따라 부르기도 했었다. 백신은 그 아이가 싫지 않았지만, 그렇다고 개랑 뽀뽀를 하거나 나중에 결혼을 할 만큼 좋지도 않다는 생각에 매번 완강하게 그를 부정하는 시늉을 했었다.

하루는 애들이 우리를 놀리는 게 유난히 싫었다. 학교를 마치고 모두가 삼삼오오 교문 앞 문방구로 가는 길이었다. 백신은 일부러 아이들이 아직 전부 흩어지지 않은 그 자리에서 크게 그 여자애에게 인제 그만 꺼지라고 말했다. 오늘은 너랑 놀아주기 싫다고. 그러면 애들이 그 두 사람을 그만 놀릴 것 같았다. 잠깐 서로 무안해하고 미안해하고 나면, 그 누구의 놀림도 방해도 없이 전처럼 평화롭고 소소한 재미가 있는 날들이 이어질 것 같아서 내린 결정이었다.

하지만 그 여자애는, 백신이 예상했던 대로- 그 예상이라는 것도 울면서 학교 바깥으로 뛰어나가거나 그를 따라서 험한 말을 뱉어대는, 지금 생각해보면 단 하나도 좋을 게 없는 흐름이었지만- 반응하지 않고, 그 자리에 그대로 서서 백신을 빤히 쳐다보기만 하는 거였다. 그리고는, '너도 날 좋아하지 않아?'라는 말을 음절 하나하나를 꼭꼭 씹어서 뱉듯이 발음하는 거였다. 주변에 있는 애들이 일제히 소리를 질러대며 둘의 주변으로 모여들었다. 일순간에 공기가 뜨거워지는 느낌이었다.

나도 널 좋아하긴 하지, 라고, 대답할 수도 있었겠지만, 백신은 자기도 모르게 내가 너를 왜 좋아하냐, 고 말했다. 남자애 몇 명이 골을 넣은 친구라도 대하듯 열광하며 백신의 등을 두들겼다. 여자애는 아무 말이 없었다. 그리곤 아주 천천히 돌아서서 교문 건너편의 버스 정류장을 향해 멀어지기만 했다. 백신은 오늘 재랑 오렌지 주스 맛이 나는 아이스크림을 먹기로 했는데, 속으로 생각하며 그 애의 등짝을 보고만 있었다. 남자애들이 그 주변을 떠나지 않았다. 너무 시끄럽고 땀 냄새가 나고 나는 조금 어지러운 것 같은데. 사실 꺼져줘야 할 건 재가 아니라 얘네인 것 같은데. 초등학생이었던 백신에겐 그 상황이 수학처럼 어렵기만 했었다.

그 아이는 그날 이후로 보이지 않았다. 알고 보니 그날, 백신이 그 아이에게 꺼지라는 말을 건넸던 그날이 전학을 가기 전의 마지막 날이라고 했다. 다만 그 아이의 부탁이었는지 가족의 부탁이었는지, 마지막 날에 그 어떤 환송도 받기를 원치 않았기에 아주 조용히 전학을 간 거였다고.

반에서 그다지 존재감이 없는 애였기 때문에 그 아이에 관한 이야기는 금방 사그라들었지만, 처음 며칠은 이런저런 말이 오가기도 했었다. 종종 전학을 갔던 다른 애들과는 다르게, 왜 그 아이는 누구도 모르게, 심지어 공식 남편이라고 놀려댔던 백신도 모르게 학교를 떠났었는지. 초등학생이 재미 삼아 소설로 썼을 법한 조악한 소문으로는 그 아이가 살날이 얼마 남지 않아 미리 학교를 그만둔 거라고 했다. 또 얼마 전 일어난 묻지 마 살인사건의 피해자가 그 아이의 아버지였고, 어머니는 그날부로 정신이 반쯤 나가서 도무지 그 집에서는, 그 도시에서는 더는 생활을 이어나가기 힘들어졌기 때문이라는 소문도 있었다.

소문이 맞았든 아니었든, 맞다면 그게 어떤 소문이었든 상관없었다. 그때 그 아이에게 꺼지라고 했을 때 그 아이가 버스를 타고 가는 표정은 어땠을지를 뒤늦게 생각했는데 가슴이 찢어질 것 같아서 더는 상상할 수가 없었다. 걔가 종종 백신에게만 보여주는 미소가 너무도 환했기 때문에, 비참한 얼굴은 도무지 상상이 가지 않았다.

백신은 자신이 그 아이를 내심 좋아했었다는 걸 그 아이를 못 보게 된 뒤에야 알게 되었다. 그 아이는 백신이 씨발이라고 하면 따라서 어울리지도 않게 씨발이라고 하는 애였고 백신이 빨간불에 건너자고 해도 그러자며 따라 건너는 아이였다. 백신은 그게 꼭 주파수가 맞는 기계끼리 작은 네트워크를 구성한 것만 같은 감각이었다는 걸, 바퀴를 정교하게 돌리면 라디오 소리가 가장 잘 들리는 구간이 있는데, 그 애는 마치 딱 그 구간에 서 있는 애 같아서, 애랑 같이라면 어디라도 언제까지라도 갈 수 있을 것 같다는 느낌이 들었었다는 걸 그제야 깨달았다.

그 아이는, 언제라도 수수한 농담거리를 들고 백신의 앞에 나타날 것 같았지만, 백신이 초등학교 육학년이 되고 중학생이 되고 나서도 다시 오지 않았다.

*

침대에 누워 백신은 그때를 생각했다. 당황스러운 생각이었다. 고등학생이 되고 어른이 되고 난 뒤에도 한 번도 떠오르지 않은 얼굴이었는데, 왜 그때가 떠올랐던 걸까. 그때 난 왜 그렇게도 서툴고 못됐던 걸까. 물론 그런 미숙함은 그 나이의 애들에게 기본적으로 탑재된 거라지만, 그때의 백신은 다른 애들보다도 훨씬 서툴고 부끄럼이 많았다.

몸을 뒤척여 왼쪽 창가를 바라본 자세로 누웠다. 빈 베개가 눈에 들어왔다. 베개에서 저렴한 향수 냄새가 났다. 몇 시간 전까지 그 여자가 이 베개에 누워서 아주 작게 코를 골고 있었다. 그러다가 퍼뜩 눈만 뜨고는, 이제 가야겠다, 라는 말과 함께 급하게 옷을 주워 입고는 이곳을 빠져나갔다. 백신은 곧 사람도 많이 다니고 차도 막힐 테니 얼른 그러라고 거들었다. 호응한다고 호응한 건데, 묘하게 그 사람을 내쫓는 모양이 된 것만 같아, 그리고 그 사람과 나 사이에 선을 그어버린 것만 같아 뭔가 잘못을 저지른 느낌이 가시지 않았다.

그 사람이 또 왔다가 간다면 좋겠다고 생각했다.

언제 다시 갈진 몰라도

다시 이곳에 와주면 좋겠다고 생각했다.

하지만 그 사람은 다시 오지 않는다. 아마.

딱 좋은 온도를 지닌 사람, 그러므로 내가 좋아하기에 좋은 사람, 이라는 생각을 했다.

좀처럼 예쁘게 웃지 않는 나를 누구도 원치 않았다고, 그 여자는 말했지만, 백신만큼은 그 여자가 그리기 좋은 얼굴을 가진 사람이라서 처음에는 편하다고 생각했고 잘 울 줄 아는 사람이라서 한 번 더 좋다고 생각했다. 그리고 억지로 웃거나 다정해지지 않아도 되기에 나에게는 더없이 필요한 사람일지 모른다는 생각도 잠깐 했다. 그리고 그 사람이 완전히 그 공간을 떠나고 나서야, 십몇 년 전 그때처럼 뒤늦게 깨닫는 거였다. 내가 그 여자를 원한다는 걸.

"닮았어. 그 사람."

아현이 백신 쪽으로 돌아누운 채로, 백신의 코끝을 손끝으로 톡톡 두드리며 자신의 얼굴이 언젠가 맡은 무연고자의 얼굴을 닮았다고 말하기 전까진, '무연고자의 얼굴'이라는 것에 대해 한 번도 상상해본 적이 없었다. 아니, 무연고자라는 말 자체가 그에겐 생소했다. 어디선가 혼자 죽는 사람. 연줄이 없는 사람. 죽을 때 우주에서 가장 고독했을 사람.

그 사람에게 나는 외로운 사람으로 비쳤다는 뜻일까. 칼에 찔린 것처럼 아파 보인다는 말이었을까. 그럼 그 사람이 나를 측은하게 여기기도 했을까. 그러면 더 외로워하지 말라며 내가 사는 집에 한 번쯤 더 와주기도 할까. 그 사람은 다시 올까.

그러면 그때 나는 이쪽 한 번만 가만히 봐달라고 해야지. 가짜 얼굴로 사는 사람은 이미 세상에 넘치도록 많고 나조차도 그러고 있으니, 당신만은 당신의 얼굴을 보여줬으면 좋겠다고 해야지. 나는 너의 얼굴이 궁금하다고. 좀 칙칙하고 여리여리한 맛도 없고 잘 웃지도 않고 애교도 없다고 말해도. 안 웃어도 되니까. 우는 얼굴이어도 좋으니까. 그 얼굴을 보여달라고.

하지만 그 사람은 다시 오지 않을 거다, 아마.

아현

그게 대단한 것이든 대단치 못한 것이든, 보편적인 것이든 괴상한 것이든, 누구에게나 처음을 갖고자 하는 욕망은 있다. 이를테면 달리기를 못하는 아이는 단 한 번이라도 운동회에서 1등을 해보길 꿈꾸고 어른이 덜된 소년은 거기엔 사실 어떤 의미도 없다는 것을 아직 모르는 채 좋아하는 여자애의 첫 번째 입술이나 몸을 갖길 원한다. 또 겨울을 좋아하는 사람은, 어느 맑고 추운 겨울밤에 첫 발도장을 눈밭 위에 찍으려 괜히 새벽에 일찍 눈을 떠보기도 한다.

아현에게는 헌 것 같은 나날만 줄곧 이어졌다. 어머니는 종종 아버지가 입었다던 낡은 코트를 꺼내어 쓰다듬었다. 누굴 추억할 수 있는 매개체가 흔하디흔한 사진도 아니고 반짝이는 금반지도 아니고 고작 낡은 코트 한 벌뿐이라는 걸 처음엔 이해할 수 없었으나, 세상에는 마땅히 그런 사람과 사람들도 있다는 걸 자라며 자연스레 깨달을 수 있었다. 언젠가 어머니가 '멀쩡해서' 주워 왔다는 머플러처럼 구질구질하고 가난한 나날들 속에서.

아현보다 열 살 넘게 나이 차이가 나는 언니는 그녀에게 놀라울 정도로 어머니와 닮아 있는 사람, 그리고 쓸데없이 어른스러운 사람이었다. 따져보자면 언니보다는 이모나 학교에 있는 젊은 선생님 같은 느낌이었다.

엄마와 언니는 아현만 빼놓고 빼다 박은 듯이 닮았었다. 두 사람 모두 파스텔 색조와 하늘거리는 옷감이 누구보다 잘 어울렸었다. 하지만 그 둘이 그토록 닮았던 것에 비해 아현은 그 둘과는 확실히 달랐다. 그럼 나는 아빠 쪽을 닮은 건가 생각해보아도 그를 실제로 본 적이 없었으니 확신할 수도 없었다. 그들은 아현이 아주 어렸을 때부터, 버릇처럼 그녀에게 미안하다는 말을 건네곤 했었다. 엄마가 해줄 수 있는 게 없어서 미안해. 언니가 용돈도 못 줘서 미안해. 너도 저런 옷이 있으면 좋을 텐데 못 사줘서 미안해. 엄마가 엄마라서, 언니가 언니라서 미안해. 그러면 아현은 그 하늘거리는 사람들의 하늘거리는 말 앞에서 멀미를 느꼈다가, 괜히 혼자서만 못된 사람이 된 건가 싶었다가, 끝내 아니라고 괜찮다고 오히려 이쪽에서 미안하다는 말을 해야만 했었다.

정작 미안해해야 할, 얼굴 한 번 보지 못한 아버지로부터는 미안하다는 말을 한 번도 듣지 못했는데, 그녀들은 정말이지 뭐가 그렇게 미안한지, 매일같이 아현에게 미안하다는 말만 해댔었다. 가끔은 미안한 상황을 일부러 계속 만듦으로써 아현을 괴롭게 만드는 게 아닐까 하는 망상까지 들었다. 그렇게 그들과의 나날은 아현을, 아현의 웃음을 조금씩 앗아갔다. 하지만 아현은 그들을 가족이라는 이유로 마음껏 미워할 수도 없었고 그곳에서 벗어날 수도 없었다. 처음에야 그 미안한 상황들 앞에서, 아현도 서운한 내색, 짜증스러운 표정을 보이곤 했지만, 그녀의 그 조금은 숨겨도 좋았을 노골적인 표정들은 점점 헌 것이 되어가기만 했다. 짜증과 무표정과 한숨이 하루만큼 익숙해지고 있었다. 낡아지고 낡아져서, 훗날엔 누구도 그 어두운 표정을 예뻐하고 가여워하지 않을 것 같았다.

헌 것 같은 나날들이 이어질 대로 이어지고, 어머니와 언니가 두 해를 사이에 두고 같은 병으로 죽어버리고 난 뒤에야, 아현은 그 헐겁고 침침한 집에서 벗어날 수 있었다. 고작 스무 살이었지만, 그때 이미 아현은 슬프다고 말하기보단 지겹다고 말하는 사람이 되어 있었다. 하나뿐인 언니의 죽음 앞에서도 눈물은 눈물대로 흘렀지만, 입에서는 지겹다는 말만 흘러나왔다.

그에 관해 모든 것을 다 알지는 못하지만, 며칠 전에 함께 밤을 보낸 백신은 종종 소름 돋을 만큼 원색적인 표정을 짓는 사람이었다. 능숙하다는 말이 잘 어울리는 미소야 그렇다 쳐도, 그 굳은 표정, 날카롭거나 쏘아보는 듯한 표정은 갓 세차를 마친 자동차의 표면처럼 차가워 보였다.

이 사람에게는 아직 처음이 있다는 걸, 그리고 그 처음은 내가 그토록 애타게 찾아왔던 것 중 하나라는 걸 아현은 직감적으로 알았다.

그 사람의 처음을 갖고 싶었다. 사람들로부터 칭찬받을 만한 게 아니어도 좋으니, 이전에 그랬듯 앞으로도 헌 것만 누려가며 살아도 좋으니 그걸 갖는 것만큼은 허락받고 싶었다. 위선 가득한 숲 같은 미소 속에 숨겨져 있다가, 가끔 바람이 불 때마다 번뜩 드러나는 그 천연의 자연스러운 날카로움을 누구에게도 허락하지 않은 그가 갖고 싶었다. 그렇게 그가 그를 허락만 해준다면, 나의 이런 낡은 표정이 아닌 그 사람의 몇몇 표정을 새것인 상태로 좀 오랫동안 두고 보고 싶었다.

*

호텔에서 일하는 사람들의 근무 스케줄 같은 건 알 수 없었지만, 그래서 그 사람이 지금쯤 집에 있을지 일하고 있을지는 알지 못했지만. 또 무턱대고 찾아가서 이상한 사람으로 보일지도 모르겠지만, 아마도 그 사람은 꽤 난처해

할 것이며 나는 늘 그랬듯 환영받지 못하겠지만, 정신을 차리고 보니 아현은 그 사람이 사는 동네에 서 있었다.

이 내리막길을 따라 내려가다 보면 갈림길이 나왔었는데, 거기서 왼쪽 길로 가야 했는지 아니면 오른쪽이었는지가 잘 기억나지 않았다. 왼쪽을 골라서 한참을 걸어도 기시감이 드는 골목은 없었다. 역시 잘못 고른 건가 싶어 다시 그 갈림길로 돌아와, 오른쪽 길로 들어가 조금 걸으니 익숙한 건물이 하나 보였다. 삼 층에 아현이 아는 주백색 불이 밝혀져 있었다.

백신은 별다른 주저함이 없이, 그리고 숨기는 것도 없다는 듯이 얼른 문을 열었다. 마치 이곳에 언제라도 올 법한 사람이 오기라도 한 것처럼, 그리고 당신이 여기 올 줄 알았다는 듯이 웃으며 여기엔 무슨 일이냐며 물을 뿐이었다.

"아현 씨? 무슨 일이세요?"

아현은 깨달았다. 막상 문이 열리고 백신을 다시 보게

된다면, 어떤 인사말을 건네고 어떤 변명을 둘러대야 할지를 전혀 생각해두지 않았다는 것을. 둘 사이에 정적이 오갔다. 아현이 가까스로 한마디 말을 뱉어냈다.

"무서워서요."

"무서워서?"

"네. 오늘도 일하는 동안 힘든 순간들이 많았거든요."

"그랬구나."

능글맞았다. 저 다 안다는 듯한 눈빛.

"나는 빈말은 잘 못 하겠네. 그냥 보고 싶어서요."

"그랬구나."

필요한 말은 그거였다는 것처럼, 백신은 아현의 손목을

잡고 그녀를 안으로 이끌었다. 그리고 이번엔 거실 소파가 아닌 침실에서 두 사람은 포개졌다.

며칠 전에는 이유도 없이 눈물이 났었는데, 나도 모르는 새에 울적했던 것도 같은데, 이번에는 그와 얽혀 있는 중간중간마다 괜히 웃음이 나왔다. 정말로 그를 가졌다거나 그의 처음에 닿았다거나 한 것은 아니었겠지만, 어떤 막연한 뿌듯함 같은 게 분명하게 그 둘의 사이에 있었다. 서로가 서로가 아닌 누군가와 이미 수도 없이 잤을지 모르는 일이지만, 지금만큼은 그런 기억 따위 다 까먹었으면 좋겠다고 생각했다. 사춘기 같은 어린 마음이었다.

백신과 아현

뒤로 두 사람은 시간이 날 때, 그러니까 두 사람 모두 일하지 않는 날이나 마침 일을 마쳤는데 상대방은 이미 자기 집에 있을 때마다 낮과 밤을 가리지 않고 서로의 집을 드나들었다. 보통은 아현이 백신의 집으로 갔다. 아무리 백신이 아현을 원한다고 해도 백신은 아직 솔직하지 못한 사람이었기 때문이다. 백신이 할 수 있는 가장 적극적인 일은 적극적으로 누군가를 '기다리는 일'이었다. 반면 아현은 솔직하고 어디에든 잘 찾아가긴 하나 좀처럼 환영받지는 못했던 사람이었는데, 아현이 조용히 백신의 집 문을 두드리면, 백신은 딱 알맞게 나지막한 목소리와 미소로 아현을 맞곤 했다. 백신은 집에서 기다리고 있다가 아현이 오면 문을 열어주고 반기는 방식으로, 그렇게 비교적 수동적으로 마음을 나누었지만, 아현은 백신이 자신을 보며 활짝 웃는 미소가 아닌 잔잔한 미소를 보여줄 때마다 오히려 거짓이 아닌 것 같은 느낌, 지금 내 앞에 있는 사람이 식물처럼 좋아하고 있다는 느낌을 받았다. 자신에게 물을 줄 사람을 오래오래 기다렸는데, 그렇다고 뿌리로 발을 만들어 그 사람을 보러 먼저 찾아갈 수도 없어서 답답했는데, 비로소 그 사람이 나를 찾아와 줬다는 듯이 반기는 모습이 꼭 식물 같다고.

뒤늦게 알게 된 거지만, 그리고 당연한 거였겠지만, 백신에게는 매우 따뜻한 미소와 사납도록 차가운 냉담, 양극단의 감정 말고도 그 중간 지점의 감정들이 많았다. 그 잔잔한 미소가 그랬고, 아픈 이야기를 가만히 듣고 있을 때의 측은한 표정이 그랬고, 진심으로 무언가가 즐거울 때의 웃는 듯 우는 듯한 표정이 그랬다. 그 모든 표정은 아현에게는 새것 같아서, 완전히 새것은 아닐지 몰라도 아현에게만은 그렇게 느껴져서, 매번 그녀에게 여행을 떠나온 것 같은 느낌을 주곤 했다.

백신도 아현을 몇 번 맞으면서 그녀에 관해 알게 된 것이 있었다. 늘 똑같아 보였던 무표정에도 날마다의 차이는 있다는 점이었다. 오늘 맡은 장례들이 고단했던 날에는 그 무표정이 조금 더 뭉개질 듯한 무표정이었고, 그나마 버틸 만한 날이었다면(물론 아현은 보고 싶어서 힘들었다고 말해주었지만), 평소보다 무표정의 단단함이 짙고 눈썹과 눈의 윤기 같은 것이 물에 젖은 자갈처럼 쨍한 느낌이 있었다. 마치 커피나 와인에 재미를 붙인 사람들이 그것들로부터 미세한 아로마를 구분해내거나 색에 민감한 사람들이 다 똑같아 보이는 붉은색을 일일이 구분해내기 시작하는 것처럼, 백신은 아현을 살펴보는 일이 날마다 새롭고 즐겁기만 했다.

백신은 아현의 그러한 무표정 속에서의 미묘한 차이들을 관측하고 분석하면서, 마찬가지로 똑같아 보이지만 사실은 일일이 다른 '그랬구나'를 주었다. 아현이 무언가를 자랑하려는 듯한 무표정을 보여주면 그랬구나?를, 고단했다고 말하는 무표정을 가져오면 결이 고운 이불처럼 끝 음이 내려가는 그랬구나를, 누구 한 사람 몫의 공감이라도 더 필요해 보이는 날에는 그랬구나 그랬구나 또는 아무래도 그랬겠네를.

그러면 아현은, 그간 그 누구도 알아봐 주지 못한 본인의 감정 기복을 그가 알아봐 주었다는 생각에, 환대받고 있다는 생각에 마찬가지로 몸 안에서 꽃이 피는 기분이 드는 거였다.

두 사람은 과거의 연인들에 관해서도 이야기하길 주저하지 않았다. 이제 막 첫사랑을 할 나이거나 갓 스무 살을 넘긴 사람들이라면야 몰랐겠지만, 두 사람이 그간 단 한 명도 만나지 않았다고 말하는 것이 오히려 이상한 일이었다. 또한 그들의 지난 사랑이 결국 잘되지 않았다는 점, 하지만 이번에만큼은 잘해보고 싶다는 마음 때문에 가능한 대화였다.

둘은 지난 연애들에 관해 대화하다가 묘한 공통점을 발견했다. 두 사람 모두 '사랑이란 무엇인가'에 관해 탐구해 왔다는 점이었다. 아현은 지난 누군가에게 '사랑이 뭐라고 생각해?'라고 물었다. 그 사람은 '계속 보고 싶어 하는 거야.'라고 대답했다. 백신 역시 누군가에게 '사랑이란 과연 뭘까?'라며 물었다. 그 사람은 '좋지 않은 감정까지 모두 공유하는 거야.'라고 대답했다. 그렇게 그 사람들은 모두 나름의 근사한 대답을 주었지만, 딱 두 사람, 백신과 아현만큼은 그 앞에서 그럴듯한 대답, 근사한 대답을 뱉어내지 못하는 쪽이었다. 또한 그때마다 자격지심과 박탈감을 느껴야 했고. 내 앞과 옆에 있는 사람이 너무도 보통의 사랑, 정상적인 사랑에 익숙한 사람인 바람에 내가 못난 사람이 되는, 그러므로 이 사람에게 더는 사랑받지 못하게 되는 악순환만이 그들의 몫이 되곤 했었다.

따지고 보면 사랑의 천재가 세상 곳곳에 있는 것처럼, 어딘가엔 사랑의 열등생도 있어야 맞는 건데. 열등생이라고 아예 학교를 졸업 못 하거나 세상을 살면 안 되는 것도 아니었을 텐데 말이야. 그치. 두 사람은 늘 그런 말로 서로를 안아주며 대화를 마쳤다.

두 사람은 재잘대는 것만으로도 하루를 보낼 수 있었다. 주로 자신이 있었던 세계에 관한 이야기들이었다. 자라온 나날들에 관해. 그러므로 결핍되었던 것들에 관해. 결과물로 완성된 각자의 오늘에 관해. 좋아하는 것과 싫어하는 것에 관해. 보여줄 수 있는 비밀과 아직은 좀 부끄러운 비밀에 관해. 이상한 취향에 관해. 그리고 서로의 일에 관해.

백신은 특이한 손님들에 관한 이야기를 자주 했다. 하지만 어떻게 하면 눈살이 찌푸려지지 않으면서도 충분히 웃기는 선에서 이야기해야 하는지를 잘 알았다. 단 한 번도 그들에 관한 이야기를 할 때 그들로부터 존칭을 거둔 적이 없었고, 그들을 평가하거나 비웃듯이 말하기보단 자신의 기분이나 당시의 마음 같은 것에 집중했다.

단정을 짓는 것과 느낀 점을 말하는 것 사이에는 미묘하지만 확실한 차이가 있었다. 밤이 깊어가고 있었는데, 프런트로 전화를 걸고서는 잠이 안 온다며 옛날이야기를 해달라는 사람이 있었어. 조금 당혹스러웠어. 외로워서 그런가, 고작 프런트 직원의 수다라도 필요할 만큼 많이 힘든 상태인가 싶어서 측은하기도 했어. 방에서 고기를 구워 먹으면 화재 경보가 울리냐고 물어보는 사람이 있었는데, 절대 그러면 안 되는 거지만, 이렇게 비가 끝내주게 내리는 날이라면 인정해도 좋겠다는 생각도 하긴 했었어.

아현은 그를 가만히 듣다가, 너 너무 착하다. 착하게 말한다. 가끔은 편하게 말해도 돼. 말했다. 하지만 백신은 아랑곳없이, 그럴 수는 없지. 그분들이 웃기게 소비되는 건 한순간인데, 내가 갑자기 입이 가볍고 험한 사람이 돼버린 것 같은 기분은 영원에 가깝게 오래가거든. 대답했다. 그때마다 아현은 작게 웃었다. 단 한 번이라도 그가 그런 방식으로 그들에 관해 떠들었다면, 정말로 조금은 실망하기도 했을 텐데, 아현의 그런 기대하고 걱정하는 마음을 그가 소중하게 지켜주는 것 같았기 때문이었다.

백신의 수다가 즐거움을 나누는 영역에 있었다면, 아현의 수다는 주로 고단함을 나누는 영역의 것이었다. 사람의 죽음에 관한 일을 하는 직장에 있다 보니 어쩌면 당연한 일이었다. 하는 일이 일인지라, 처음에 백신은 무작정 경건하고 조심스러운 태도로 그 대화에 참여해야만 했다. 하지만 아현과의 나날이 당연해지고 친밀해질수록, 그러한 마냥 무겁기만 했던 대화 주제도 점점 흔한 회사원들의 이야기처럼 들어주고 맞장구쳐줄 수 있게 되었다. 웃긴 표현일 수 있겠지만, 죽음이라는 것이 점점 '캐주얼'해지는 느낌이었다. 그 죽음을 언제든 나도 걸칠 수 있을 것 같은. 당장 몇 달 뒤 또는 내일 그래도 그다지 이상할 것 같지 않은 느낌.

대부분이 장례식장에서 일하는 사람은 죽은 사람들 때문에만 힘들 것이라고 생각하지만, 죽은 사람 못지않게 산 사람 때문에 힘들고 당혹스러울 때도 많다고 아현은 말했다. 사고로 갑작스럽게 죽은 한 남자의 장례가 한창이었는데, 소식을 듣고 급하게 달려온 고인의 연인이 둘도 아니고 셋이어서 한동안 셋이서 소리를 지르고 드잡이질을 했었다든지. 그녀들을 말리다가 넘어져서 바로 옆 대학병원으로 업혀 간 적이 있었다든지(이 이야기를 할 때 아현은 '산지직송'을 당했다는 표현을 썼는데, 백신이 너무 크게 웃는 바람에 아현은 조금 토라질 뻔도 했었다. 아니 나 다쳤었다니까?). 다른 어떤 사람의 장례 때는 산 사람들이 너무도 술에 많이 취해서 그를 부축하는 것이 힘들었다든지. 단 한 번의 예외도 없이 반말을 써댔던 유족 때문에 하마터면 못된 마음을 먹을 뻔했다든지.

유쾌한 이야기는 그다지 많지 않았지만, 백신은 아현의 그런 이야기들을 듣는 게 좋았다. 크고 작은 죽음들 앞에서 자신을 깎아가며 지내는 아현이, 자신에게 그 고충들을 털어놓음으로써 조금이나마 더 편안한 밤을 보내게 된다면, 더 괜찮은 마음으로 출근하고 퇴근할 수 있다면 그보다 좋은 일은 많지 않겠다는 마음에서였다.

아현은 백신이 같이 화를 내주거나 등이나 머리를 토닥여주는 것이 좋았다. 공감과 애정에 정신을 잃을 만큼 중독되어 언제까지라도, 그리고 티끌처럼 조그만 것까지도 다 고백하고 인정받고 싶었다.

물론 모든 것을 다 말할 수는 없었다. 안타깝고 착잡하기만 한 이야기도 많았다. 자택에서 홀로 사망한 어느 노인의 이야기가 그랬다. 고인이 자택에서 숨을 거둔 채로 발견됐다면 사망 진단서가 아닌 사체 검안서를 발급받아야 하는데. 고인과 비슷한 연령대로 보이는 어느 노인이 급하게 현장을 찾아온 일이 있었다. 고인의 법적인 배우자라면서. 그리곤 검안의에게 사인을 병사가 아니라 심장병으로 해달라고 요청하기 시작하는 것이었다. 그래야만 자기 앞으로 사망 보험금이 들어오니 잘 좀 부탁한다면서. 몇 년간 연락 한번 없다가 부고를 접하자마자 달려와서 한다는 말이 이거라니. 사람이 이렇게까지 더러워질 수가 있나. 사람이 이렇게까지 미덥지 않아질 수가 있나 싶었다. 이런 이야기는 백신에게 털어놓을 수 없었다. 안 그래도 인간을 향한 신뢰가 없는 백신을 더 염세적으로 만들고 싶지는 않았다. 믿음이 없었고 앞으로도 드물 그의 세계에서 자신마저 그러면 안 되는 거였다. 믿음이 없어진 사람의 믿음을 지켜주고 싶었다.

그렇게 혼자 무언가를 말하다가 멈추었다가 생각하다가 말하기를 주저하다가 말고 문득, 언젠가는 죽어버릴 백신이 측은해지는 거였다. 웃기지. 사람이라면 죽는 게 당연한데. 어떤 말 한마디가 입을 뚫고 튀어나오려는 것을 아현은 가까스로 참아냈다. 기괴하고 징그러운 고백 같은 것이 그 안에 있었기 때문에.

*

가끔 기가 막히게 쉬는 날이 겹치면, 둘은 서로의 집이 아닌 곳을 찾아 떠나기도 했다. 서울 바깥으로 향한 적도 있었고 바다를 본 적도 한 번, 깊은 산속으로 들어갔던 적도 한 번 있었다. 가고 싶었다고 말했던 에버랜드에 갔다. 늘 소란스럽고 혼자였다는 이유로 못 갔던 식당과 카페에 갔다. 백신은 자신의 그릇에서 아현의 그릇으로 자기 몫의 새우를 옮겼다. 아현은 백신이 없는 틈을 타서 몰래 그리고 미리 계산을 했다. 아현은 얼른 저곳도 구경하자며 앞섰고 백신은 그런 아현의 뒷모습을 조용히 사진으로 남겼다. 그렇게 서로는 일상에서 서로를 소유했다.

물론 특별한 만남이 아니더라도 좋았다. 두 사람은 백신의 동네 내리막길을, 필름지가 너덜거리는 술집이 있는 골목 주변을 걸었다. 대학병원 안의 아는 사람 몇 없는 은밀한 산책로를 걸었고 호텔을 중심점 삼아 그 일대를 해가 질 때까지 걷기도 했다.

맨 처음 고양이를 발견한 건 오래된 술집이 있는 그 익숙한 골목을 걸을 때였다. 아현이 쪼그려 앉아 담배를 피웠던 곳에서 스무 발자국쯤 떨어진 골목 초입에, 몸집이 작고 털빛이 노란 고양이가 널브러져 있었다. 쉬거나 자는 것처럼 웅크리고 있지도 않았고 고개를 빳빳이 들고 주변을 경계하고 있지도 않았다. 고양이는 누군가가 억지로 사방으로 몸을 펼쳐서 널어둔 것처럼 널브러진 채로 미동이 없었다. 죽었나 봐. 어쩌다 저렇게 됐을까. 백신은 말했고, 아현은 놀란 기색을 보이기보단 핸드폰을 꺼내 들고는 120번을 눌러 위치를 말하곤 사체 처리를 요청했다.

"거기에 전화하면 고양이 사체를 치워 줘?"

"응, 난 보일 때마다 신고해."

"부지런하네."

"그냥, 애들 죽은 거 보고 사람들이 소리 지르거나 징그러워하거나 피해서 가는 게 싫어서. 어디에도 그런 취급을 받아도 되는 죽음은 없다고 생각해서."

크게 놀라지도 동요하지도 슬퍼하는 것 같지도 않았지만, 백신은 아현의 그러한 말과 행동이 그녀가 내비칠 수 있는 나름의 애도와 다정인 것을 알았다.

고양이는 자주 그 자리에서 죽어 있었다.

하루는 검은색 고양이였고 하루는 갈색 고양이였다. 또 다른 노란색 고양이가 같은 곳에 같은 모양으로 널브러져 있는 것을 봤을 때, 두 사람은 이 죽음들이 누군가의 의도에 의한 것이라고 확신하기 시작했다.

고양이를 보는 백신의 시선이 갈수록 침울해지는 것을 아현은 알 수 있었다. 저들의 죽음으로부터 다른 누군가의 죽음을 생각하고 있는 건지, 혹 자신의 말로가 저 죽음들처럼 쓸쓸하고, 우주적 관점에서 봤을 때 거기서 거기인 '그저 뻔한 죽음'으로 여겨지진 않을지를 걱정하는지, 정확히 무슨 생각을 하는지가 궁금했지만, 물을 수 없었다. 다만 어떤 말을 건네고 싶었다. 말을 해줄까 말까, 주저하기만 하다가 저번에도 건네지 못했던 말이었다.

"백신아."

"응."

"나는 매일 죽은 사람들을 만나."

"그렇지. 아무래도."

"그리고 그 사람들을 만져. 몸을 씻겨주기도 하고. 새 옷도 입혀드리고."

"그렇지?"

"네가 어떤 죽음을 맞든, 언제 어디서 어떻게 죽든, 내가 씻겨줄게. 옷 입혀줄게."

"씻겨주고 옷을 입혀준다."

"내가 줄 수 있는 최고의 고백이야. 좀 이상한가."

"아니, 하나도 안 이상해. 근데 뭐랄까."

"뭐랄까?"

"궁금해서. 왜 하필 이런 고백인지 더 잘 알고 싶어서."

그래 조금 많이 불친절한 고백이긴 했다. 아현은 잠깐 곰곰이 말의 앞뒤를 정리하고는 천천히 입을 열었다. 죽은 고양이 위에 임시방편으로 덮어둔 손수건의 모서리 부분이 작은 바람을 만나 나풀거리고 있었다.

"저번에도 말했지만, 죽은 엄마랑 언니가 몸이 되게 안 좋았잖아. 그래서 나는 늘 그 사람들을 걱정했었거든. 엄마가 집에 있다가 누구도 알아채지 못했던 타이밍에 넘어져서 죽는 상상을 했어. 크게 목소리를 내지 못하는 언니가 쓰러져서는 어디에도 도움을 못 청하고 차갑게 식어가기만 하는 상상만 했어. 또 엄마가 가벼운 감기에도 피를 토하면 어떡하지. 언니가 계곡에 놀러 가서 발을 헛디디면 어떡하지. 뭐 그런 걱정들을, 나는 거의 하루도 안 빼고 했었어."

"그랬겠네."

"근데 그렇다고 내가 두 사람 옆에 붙어있기만 할 수는 없는 거잖아. 하던 일을 팽개치거나 가던 발을 멈추고, 엄마나 언니한테 뛰어가서 죽지 말라고 울며 매달릴 수도 없는 거잖아. 그때 생각하게 된 거지. 어쩌면 내가 정말로 걱정하는 건, 두 사람이 죽음을 맞는 것 자체가 아니라, 그저 그들의 마지막을 함께할 수 있느냐 없느냐, 를 신경 쓰고 있는 게 아니었을까 하고."

바람이 조금 강하게 불었다. 그 바람에 고양이를 이불처럼 덮어주고 있던 손수건이 완전히 들춰졌다. 아현은 얼른 다가가, 이번에는 마치 갓난아기를 포대기로 감싸듯, 손수건의 양쪽 가장자리를 고양이의 누운 몸 아래에 끼워 넣어주었다. 이제는 어떤 바람이 불어도 고양이의 몸은 외롭지 않을 것이었다.

“그렇잖아. 내가 걱정한다고 그 사람들이 안 죽을 것도 아니었을 텐데. 그때부턴 그냥 하던 일을 계속하고 걷던 길을 계속 걸었어. 그러다가 운 좋게 그 사람들이 죽는 순간에 내가 있으면 마지막 인사라도 하는 거고, 내가 없는 곳에서 죽음을 맞게 되면 몇 배쯤 더 슬퍼했을 거고. 단, 꼭 해야 할 일은 있었어. 반드시 전해야 할 말이 있었어. 언젠가 내가 보고 있을 때 또는 보고 있지 못할 때 당신이 죽게 될 텐데, 이거 하나만 미리 알아달라고. 당신이 죽음을 맞은 후에도 나는 당신을 당신으로 대하겠다고. 당신의 죽음을 곁에서 지킬 거고, 일 년 이 년이 흘러도 당신을 계속 이어지는 서사처럼 역사처럼 사랑할 거라고. 그 말을 해야 했었어.”

“그래서 그 말을 해드렸어?”

“응. 엄마는 내 곁에서 갔고 언니는 내가 없을 때 갔어. 똑같이 슬펐는데 후회로 남는 건 없었어. 그리고 난 아직도 그 두 사람을 사랑해."

그리고 다시 처음으로 돌아가서 말이지, 아현은 말을 이어갔다.

"내가 죽은 네 몸을 씻어주겠다고 말한 것도 같은 의미에서야. 네가 언제가 될지 모를 언젠가 죽었을 때도, 내 사랑은 계속 사랑으로 있을 테니까. 너를 씻어주고 눕혀주고 입혀주고 보내주겠다는 의미. 너를 계속되는 서사처럼 이어지는 역사처럼 사랑하겠다는 의미."

마냥 좋지만도 않지만 나쁘지만도 않은 나날이 이어졌다. 세상은 멀리서 보면 더없이 유쾌했지만 골목의 단위로 쪼개어 보면 곳곳에 죽음도 많기는 많았다. 그렇게 어떻게든 굴러가는 시간 속에서, 백신과 아현, 두 사람은 서서히 서로의 당연한 일부가 되어갔다. 어쩌면 우리는 서로를 만날 준비를 하며 그간을 살아온 게 아닐지 생각이 들 정도로.

당신이 곁에 없을 때

그리고 곁에 있을 때도 당신을 원한다.

아현을 원한다. 신을 원한다.

뭉개진 얼굴도 싸늘해지는 얼굴도 아닌.

깨끗하게 정돈된 객실도

열한 시 반의 친절한 체크아웃도 아닌.

곤히 죽은 얼굴도 기포처럼 몰려다니는 사람들도 아닌.

당신을 원한다.

네가 어떤 죽음을 맞든,
언제 어디서 어떻게 죽든,

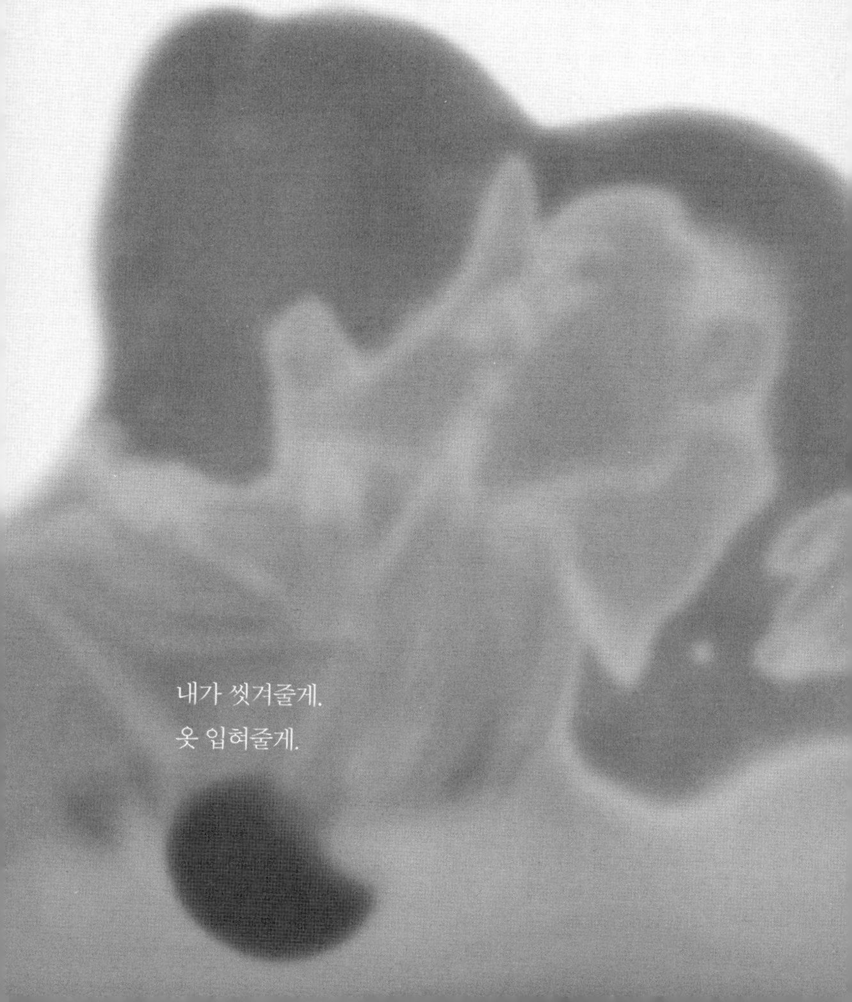

내가 씻겨줄게.

옷 입혀줄게.

백신

처음 스스로가 조금 어려진 것 같다는 생각이 든 것은 어느 날 아침 거울을 보고 있을 때였다. 오늘의 나는 분명 살아온 날 중 가장 늙은 날의 나일 텐데, 왜 어제보다도 한 달 전보다도 어려 보이는 걸까. 왜 수염이 얇아진 것 같을까. 왜 눈이 조금 더 커진 것 같을까. 기분 탓일까. 바꾼 클렌징폼 덕분이었을까. 아니면 전보다 부쩍 이곳저곳을 걸어 다니는 시간이 많아져서였을까. 나란히 누워 있을 때면 아현이 자주 뺨을 조물조물하곤 했는데, 거기에 일종의 마사지 효과가 있었던 걸까.

어려졌다고 생각하게 된 묘한 징후는 마음의 흐름에서도 찾아낼 수 있었다. 일할 때도 집에서 쉬고 있을 때도 짜증과 불만이 전보다 더 많아졌다. 원래였으면 웃어넘길 만한 일 앞에서도 굳이 그걸 콕 집어 문제 삼았다. 물론 그걸 티 내지만 않는다면야 아무런 문제가 되지 않았지만, 가끔은 그 노골적인 본심이 완벽에 가깝도록 만들어둔 미소를 뚫고 나올 때가 있다는 게 곤혹스러웠다. 표정이 왜 그러냐는 말, 어디 아프냐는 말을 사람들로부터 보름 동안 두어 번은 들어야 했다. 사춘기를 앓을 나이로부터는 아득하게 멀어진 뒤였는데 말이다.

무엇보다 아현이 자꾸만 신경 쓰였다. 사람의 죽음을 다루는 일을 하다 보면 때로는 중요한 순간, 방해받지 않아야 하는 순간도 있다는 것을 잘 알았으나, 종종 아현이 일(아마도) 때문에 연락이 되지 않을 때는 자신도 모르게 초조함에 휩싸여 버리는 것이었다. 왜 이렇게 연락이 닿지 않는 걸까, 무슨 일이라도 생긴 걸까, 아니면 일부러 연락을 피하는 걸까 하고.

아니었겠지만, 그런 생각은 하면 안 되지만, 이전에 아현이 만났던 사람들, 혹은 아현이 언젠가 말했던, 끔찍한 죽음을 목격한 날에 가끔 단 한 번 몸을 섞었을 사람들이 떠올라 괴로웠다.

내가 아는 그녀는 사실 누구만큼이나 여리면서도 누구보다도 강단이 있는 사람인데, 도대체 왜 아무 사람과 만나 아무 밤이나 보냈던 걸까. 내가 아닌 사람들과 사랑이 없는 채로 밤을 보내는 그녀는 어떤 표정을 지었을까. 그런 쓰레기 같은 생각들. 아무짝에도 쓸모가 없는 망상들. 물론 아현은 다시 그들을 원하지 않고 나만을 원한다, 그럴 것이었다. 그것만으로 어쩌면 괜찮아져야 되는 게 맞는 건데, 그게 백신은 괜히 괴로워지기 시작한 것이었다.

사람을 매혹하는 미소도 이렇다 할 다정함도 없지만, 과감하게 낯선 사람의 앞에 나타날 줄은 아는 사람. 그 낯선 사람과 내킨다면 마음껏 체온을 주고받기도 하는 사람. 아현의 그러한 저돌적인 위태로움은 처음엔 분명 그녀를 매력적으로 보이게 만드는 정보 중 하나였다. 그 덕분에 그녀와 한마디라도 섞을 수 있었고 그 덕분에 그녀가 다른 사람과는 다르다는 걸 느낄 수 있었다. 하지만 그녀에 관한 그러한 정보들이 한편으론 나를 힘들게 만드는 거였다.

그 정보들이 사랑의 이유가 되기도 하면서 오해와 불안의 이유가 되기도 한다는 게 백신은 원망스러웠다. 그녀에게는 지금 아무런 문제도 없는데, 나와 그녀는 그녀와 나를 사랑하는데, 자꾸만 날 선 말투만 튀어나오는 게, 모든 말과 행동에 예민하게 반응하게 되는 게 괴롭기만 했다.

둘이 이제 막 얼굴을 기억하기 시작했을 때, 그러니까 가끔 병원과 호텔 주변의 낡은 술집에서 우연히 마주쳐 술을 나눠 마신다든가 적당한 거리감을 두고 대화할 땐 전혀 문제가 되지 않았던 일들이 문제로 다가오기 시작했다. 마음을 다루는 일에 피차 서툰 사람끼리 건네는 농담은 그만큼이나 서툴기 마련인데, 거기에서 굳이 뼈를 찾아내거나 없던 뼈마저도 만들어서 꼬투리를 잡았던 적이 있었고, 아현이 백신의 말에 대해 어떤 대답을 찾고 있거나 나름의 따뜻함으로 그를 응시할 때의 무표정을, 자신도 모르게 안 좋게 해석하게 되어 무안을 준 날도 있었다.

물론 그건 따로따로였던 두 사람이 연인으로 맺어지는 순간 피할 수 없게 되는 필연적인 운명인 것을 알았다. 가끔 마주치고 가끔 함께하기만 하면 그만일 가벼운 관계가 아닌, 많은 것을 약속하고 공유하고 희생해야 하는 관계가 되는 순간 기회비용처럼 감안해야 하는 어려움이라는 것을 그 역시 알고 있었다. 한쪽이 늦는다면 한쪽이 기다리게 되는 것이 만남, 함께하는 날이 많아질수록 점점 서로를 조금씩 소유하게 되는 게 만남, 그러므로 몰랐던 것과 그다지 반갑지 않은 것을 갈수록 받아들여야 하는 게 바로 만남이라는 것이었으니까.

그러면 이전의 연애들도 마찬가지였느냐, 그의 연애 스타일이 원래 늘 그랬었냐고 물으면 그건 또 아니었다. 이전의 연애에서는 신경조차 쓰지 않았던 것들이 대다수였다. 오히려 상대가 아무리 난리를 치고 마음대로 굴어도 질투나 짜증은커녕 다 그러라는 말, 괜찮다는 말로 일관하는 편이었다. 그러다 오히려 그들이 서운해하기 시작하고, 나아가서는 애정이 느껴지지 않는다며 관계를 끝내버리기도 했던 것이다. 가끔 누군가는 백신의 질투와 적당한 집착을 원해서 일부러 그러기도 했었는데, 그는 그 속내 역시 금방 알아채고는 적당히 속아주는 척도, 반대로 모르는 척도 했었다. 그럴 때마다 솔직히는 관록 있고 여유 있는 어른이 된 것 같은 우월감에 젖어들기도 했었다. 그런데 이 사람에게는 왜? 왜 이렇게도 초조해하고 마음을 졸이게 되는 걸까?

아무래도 그녀에게 다소 진지하게 열정을 품게 되었기 때문인 걸까.

그렇다면 나의 열정은 왜 이다지도 미운 모양인 걸까.

*

두 사람이 얼굴을 붉히며 크게 다툰 날은 잔혹하게도 아현의 생일이었다. 생일 선물을 사준다며 데리고 간 백화점에서 아현은 전보다도 많이 웃었다. 분명 행복해서 그런 거라는 걸 알겠지만, 백신은 저렇게 예쁘게 웃을 수 있게 된 아현이 과연 자신이 없는 자리에서는 어떤 웃음을 얼마만큼이나 지어 보일 것인가, 그를 바라보는 사람들은 그녀에게 얼마나 매료될 것인가, 그런 생각에 휩싸이기 시작했다.

"무슨 생각해?"

곧바로 별일 아니라고 실실 웃으며 대답하긴 했지만, 이미 분위기는 천천히 싸늘하고 뻣뻣해지고 있었다. 스스로가 조금 눈치도 없고 무엇이든 금방 잊어버리는 사람이라면야 다행이었겠지만, 백신은 어쩌면 그 누구보다도 말과 말, 말과 마음 사이의 행간을 잘 읽는 사람이었다. 아현 역시 백신의 심드렁함을 인식하고 있고, 덩달아 불편한 마음이 되어가고 있다는 걸 느끼고 있었다.

남들보다 하얗기에 유난히 허해 보였던 그녀의 목을 가릴 수 있는 머플러를 사고, 둘은 백신이 예약해둔 초밥집을 찾았다. 그다지 규모가 있는 건 아니지만, 초밥을 좋아하는 사람들 사이에선 알음알음 명성을 얻기 시작한 곳이라고 했다. 머리를 깨끗하게 밀어버린 젊은 남자가 두 사람 앞에 서서는, 마지막까지 식사를 전담하겠다며 인사했다.

먼저 나온 회 몇 점과 초절임은 비리고 시큼했다. 하지만 좋은 날의 좋은 분위기를 망칠 순 없으니(이미 자신이 충분히 망치고 있었으니) 맛있다는 말만 쉬지 않고 뱉어 댈 수밖엔 없었다. 젊은 요리사가 신이 나서 감사하다고, 조금 더 드릴 수도 있다며 너스레를 떨었고 백신은 괜찮다고 답했다. 요리사는 조금은 과장되어 보이는 표정과 손짓으로 초밥을 조물조물 쥐었고, 어느샌가 그곳에는 대화를 나누는 백신과 아현이 아닌 그 모습만을 바라보는 백신과 아현만 있었다. 이곳에 우리 말고 더 있다는 민망함과 이물감. 너와 내가 단둘이 있을 땐, 너만 있어서 마땅히 내가 될 수 있었는데, 다른 사람이 한 명이라도 있으면 나는 왜 이렇게도 위선적 표정을 짓게 되는가. 백신은 어떻게 해야 할지를 모르겠는 자신을, 미숙한 자신을 실시간으로 미워하고 있었다.

"무슨 일인데?"

"뭐가?"

"무슨 일인데 그래. 표정이 안 좋아."

"별거 아니야. 이거 맛있다. 얼른 한번 먹어봐."

"뭐가 맛있게 넘어갈 상황이어야 먹지."

요리사가 이전의 과장된 몸짓은 온데간데없이 작은 몸집으로 초밥을 쥐기 시작했다. 아무래도 분위기가 냉랭해지는 것을 느낀 모양이었는데, 이렇게 점잖게 할 줄 알았던 거라면, 조금 전의 그 모습은 두 사람을 즐겁게 하기 위한 장치였었나 보다, 백신은 생각했다. 그러한 호의를 멋지게 받아들일 수 없는 상황을 만드는 사람이 자신인 것만 같아 미안해지기도 했다.

"여기서 할 얘기는 아닌 거 같은데, 이것만 먹고 이따가 얘기하자."

"아니야, 지금 말해. 나는 들어야겠어."

이미 젓가락을 내려둔 아현의 표정은 모든 걸 각오한 것처럼 결연했다. 혹 네가 지금 당장 이별을 말한다고 해도 절대 울거나 무너지진 않겠다고 말하듯, 입술은 어느 때보다도 앙다물어져 있었다.

백신은 기어코 열지 말아야 할 상자를 열었다. 솔직히 말하자면, 나는 네가 혼자 술을 한잔하고 있다는 말을 믿기 힘들 때가 있다고. 혼자가 아니라 다른 사람과 함께일지도 모르는 일 아니냐면서. 나를 만나기 전에 들려줬던 이야기들이 좀처럼 머릿속을 떠나지 않는다면서.

왜 그래, 이젠 아닌 거 알잖아, 아현은 처음에야 웃음이 아주 조금 섞인 표정으로 받아들이려 했지만, 그 말이 농담 삼아 한 말이 아니라는 걸 알아차리곤, 애초에 그런 일을 농담의 소재로 쓸 사람도 아니라는 것을 기억해내고는 당혹감과 배신감에 가쁜 숨을 쉬기 시작했다.

이럴 때면 마음은 우주공간을 가로지르는 혜성처럼, 눈가리개를 뒤집어쓰고 달리기를 시작한 경주마처럼 앞만 보고 달리곤 했다. 한번 터져버린 이상 조금의 주저함도 없이 터져 나오는 속마음을 백신은 그저 방조만 하고 있었다. 백신의 입술은 뒤로도 끔찍한 상상과 불신에 얽힌 말을 두어 마디 내뱉고는, 이내 모든 공기를 쏟아내 버린 풍선처럼 볼품없이 시들었다.

"혹시 미쳤어? 이거 의처증이야. 부정망상이야. 미쳤구나, 네가."

"미안해."

"오늘이 무슨 날인데? 왜 하필 오늘인 건데?"

다시금 앞만 보고 내달리는 마음.

"생일이시겠지."

무언가가 잘못 흘러가고 있다는 것, 그리고 그 나쁜 흐름을 주도하고 있는 것은 자신이라는 것을 잘 알고 있었다. 이성적으로 판단했을 때 지금 당장이라도 납작 엎드려 싹싹 빌면 괜찮아질지도 모른다는 생각과는 다르게, 입술은 냄새나는 말만 뱉어대는 게 이상했다.

아현은 그 길로 가게를 나섰다. 충분히 잡을 수 있는 거리였고 그래야만 한다는 걸 알았으나 이상하게 몸이 움직이지 않았다. 요리사가 난처하다는 듯 신음했다. 아직 나와야 할 초밥이 몇 피스 더 있을 것이었다. 저 사람의 생일이 몇 시간이나 더 남았을 것이었다. 백신은 미안하다고 말하곤, 앞으로 더 나올 게 많지 않다면 인제 그만 계산하고 나가봐야겠다고 고개를 숙였다.

집으로 돌아가는 길에는 무엇 하나도 마음에 들지 않아 계속 걷기만 했다. 평소대로라면 버스나 택시를 타고 건넜을 한강을 걸어서 건넜다. 쌀쌀하고 건조한 계절이었기에, 땀에 흠뻑 젖은 사람은 백신 말고는 아무도 없었다. 그렇게 지칠 때까지 걸어서 도착한 집, 늘 그랬던 것과는 다르게 아무렇게나 신발을 팽개치고 들어온 집에서 문득, 백신은 중요한 사실 하나를 기억해냈다.

그녀에게 사랑한다는 말을 단 한 번도 하지 않았다는 것.

지금 나는 진심으로 그녀를 사랑하고 있다는 것도.
사랑을 이유로 이토록 방대한 열정을 품게 되었다는 것.
그 열정을 잘못된 방향으로 뿜어내고 말았다는 것도.

사랑하는 사람의 생일은 응당 가장 애틋하기만 해야 할 때인데. 오히려 그때 가장 옹졸해지다니. 모든 걸 다 망쳐 버린 뒤에야 사랑을 깨닫다니. 하고 싶은 말이 있었다. 해야 하는 말이었다. 조금 더 괜찮은 열정을 품도록 연습할 기회가 한 번이라도 있다면, 조금의 시간만 주어진다면, 지금보단 나아질지 모른다고. 미안하다고. 내 마음은 그런 게 아니었다고. 그러니까 사랑한다고. 그 말을 해야 했다.

아현

태어난 이후로 누군가에게 그토록 커다란 실망과 분노를 느낀 것도, 서운함을 느낀 것도 처음이었지만, 애초에 내 입부터가 주책이었다고 생각했다.

백신과 연인 사이가 되기 전에, 그때 내가 그 말을 하지 않았다면 백신은 조금의 오해도 질투도 없이 나를 사랑했을지 모른다. 아니, 그랬을 것이다. 물론 그때는 일이 이렇게 흘러갈 줄 몰랐다지만, 그래서 조금은 억울한 부분도 있었지만, 처지를 바꾸어 생각해보면 그녀 역시도 그가 한때 자유로운 관계를 맺고 다녔었다는 사실을 알게 된다면, 그의 과거에 관해 매일같이 불안해했을 것이었다.

그래도 자신을 위한 최소한의 변론을 해보자면, 그녀라

고 처음부터 자기 몸을 가볍게 여긴 건 아니었다. 남들보다 욕구가 많은 것은 더욱 아니었으며, 얼굴도 몰랐던 사람에게 거절당했을 때의 수치심이나 비참함을 모르는 것도 절대 아니었다. 오히려 반대였다. 어려서부터 서서히 웃는 법을 잊었다는 것은, 다르게 말하면 본인의 몫을 챙기는 법, 나아가 행복을 추구하는 법까지도 잊었다는 뜻이었을 텐데, 그런 사람이 나서서 일차원적인 신체적 쾌락을 탐닉했을 리가 없었다.

다만 몸이라는 게 덧없다고 생각하기 시작하면서부터 실험해보고 싶었을 뿐이었다. 몸이라는 건 정말로 덧없는 건지. 영원히 탄력적일 줄로만 알았던 살결이 문드러지거나 녹아버리고, 태우면 태우는 대로 가루와 먼지가 돼버리기도 하는데. 그렇게 형태도 없이 사라져 버리는 게 내가 매일 만나는 몸인데. 하루씩 세상 속의 나와 사람들의 존재에 관해 의구심만 품게 되는데. 사랑의 대상도 미움의 대상도 아닌 단역 같은 인물들과 몸을 섞었을 때도 속절없이 쾌감을 느낄 정도로 몸뚱이라는 건, 덧없기 그지없는 건지. 사람은 결국 사람인지 동물인지. 그걸 알고 싶었다.

다행이었는지 아니었는지는 몰라도 아현의 몸은 그다지 덧없지 않았다. 그녀와 아무런 관계도 없는 사람들과 몸을 섞을 때마다, 기쁨보다는 이유 모를 슬픔만 느껴졌다. 물론 호르몬 작용에 의한 어쩔 수 없는 쾌감도 있기는 있었으나, 뒤로는 농도 짙은 눈물들만 속절없이 흐르곤 했다. 그때마다 상대방은 두려워했다. 그녀에게 무언가 사연이 있다고 생각하거나, 자신에게 피해가 갈까 두려워하거나, 재수 없다는 듯이 얼른 그 공간을 떠나버리곤, 끝이었다. 하지만 마찬가지로 아현이 백신의 품속에서 눈물을 보였을 때, 백신은 그런 아현을 누구보다 강하게 껴안아 준 거였고.

두 번 정도, 그로부터 전화가 왔지만 받지 않았다. 통화 버튼을 누르고 그러한 변론을 늘어놓는다면야, 사과를 주고받고 다시 원래대로 돌아갈 수 있다는 걸 알았지만 그럴 수 없었다. 그렇게까지, 밑바닥을 보여주면서까지 스스로를 변호할 수는 없었다. 함께일 땐 그보다 내밀한 이야기도 많이 나눴으면서 금방 그럴 마음이 사라져 버렸다는 게 웃겼다.

원래 그런 거였으니까.

사랑이라는 게 좋을 때는 좋기만 한 거니까.

평소와 다름없는 날들이 흐르고 있었다. 도시 어딘가에서 사람이 죽으면 아현이 움직였다. 죽음으로 인해 움직인 대가로 아현은 또 한 달을 살아갈 것이었다. 백신을 만나기 전과 다를 바 없는 일상이었다. 똑같은 날이었다. 그저 하나가 결핍되어 버렸을 뿐인.

백신과 아현

사람들이 호텔 문을 열고 들어왔다가 나갔다. 대부분 처음 보는 얼굴들이었다. 각자의 이유와 기념할 만한 일들을 안은 채로 호텔을 찾는 사람들. 그 사람들을 백신은 완벽에 가까운 미소로 맞았다. 본인에게는 그다지 그럴 만한 일이 없어도 기분이 좋지 않아도 그래야 했다. 호텔이라는 곳은 원래 그런 곳이었다. 한 번은 문득 그 흐름이 따분해져서, 일하는 동안 저 앞의 문이 총 몇 번이나 열리고, 몇 명의 사람이 들어왔다가 나가는지를 세어본 적도 있었다. 젤리가 먹고 싶다는 이유로, 배달 기사가 출입구를 찾지 못하고 있다는 이유만으로도 사람들은 문을 드나들었다.

백신의 집은 하루에 두 번 문이 열렸고 백신 단 한 사람만 들어왔다가 나갔다. 아현은 오지 않았다. 문을 두드리지도 않았고 무서워서 왔다는 거짓말도 하지 않았다. 어차피 다시 오지 않겠지. 자신이 백번 잘못한 일이지만, 이번은 다르길 기대했었다는 게 우스웠다. 사랑에도 생애가 있다면, 이 사랑은 아마도 죽어가고 있거나 이미 죽은 사랑이었을 것이다.

분명한 것도 있었다. 누구에게나 일상을 지배해 버릴 정도로 강렬한 감정을 느끼게 하는 사랑의 기회가 삶에서 세 번쯤은 찾아오는 법이라던데, 그게 사실이라면 그녀가 그 중 한 명이라는 것은 자명하게 알 수 있었다. 온 신경을 다해 그녀를 그리워하고 있으며 후회하고 있었기 때문이다.

하지만 나는 정말 여전히 그녀를 원하고 그리워하고 있는 걸까. 나의 그리움은 그리움일까. 생각해보면 이쪽에서 먼저 나서서 그녀를 찾아간 일이 손에 꼽을 만큼 없었다. 이걸 그녀는 서운해하고 있을까. 혹 내가 그녀를 사랑하지 않는다고 생각하진 않을까. 그녀는 어떤 시간을 보내고 있을까. 무서워하고 있지는 않을까. 어디선가 또 혼자 술을 마시고 있지는 않을까. 그 허름한 가게에 있을까. 나와 마주치길 원치 않으니 그 가게는 아닐까. 나는 왜 이렇게 끝없이 생각만 이어가면서, 몸을 움직이지는 않고 있는 걸까.

가장 먼저 떠오르는 감정은 스스로를 향한 분노였다. 그렇게 신나서 사랑했으면서, 널 원한다고 몇 번이고 말했었으면서, 실은 입만 살았던 건지 전화나 한두 통 걸어보는 것 말고는 아무것도 하는 게 없는 스스로가 한심했다. 정말로 사랑이라면, 사랑이었다면, 그녀가 자신에게 그래 주었던 것처럼 그녀가 있는 곳으로 한 번쯤은 용감하게 찾아가 봐야 할 게 아닌가.

이후로는 그래도 잘 살고 있겠지 생각했다. 그녀는 처음 만나 느꼈던 것보다, 그리고 만나는 동안 생각했던 것보다도 훨씬 더 촘촘한 루틴을 가진 사람이었으니, 지난 몇 달 간의 그와 그에 관한 추억들만 쏙 뽑아내어 다시 봉합하고는 그대로 잘 지내고 있을 거라고, 그러니까 이미 자신에게는 도로 문을 열고 들어갈 자리도, 자신에 관한 추억의 건더기도 남아 있지 않을 거라고.

그러다가 이내 다시, 평소보다 하루가 고됐거나 주량을 넘겨서 술을 마신 날에는, '지금의 나와 지금의 당신이라면 다를 수 있지 않을까?' 하고 생각해버리고 마는 거였다. 며칠의 이별을 겪은 나와 당신은 이전의 나와 당신보다 더 성숙해졌고 어느 부분에 있어서는 체념도 하게 됐으니, 그러므로 더 어른스러운 연애를 할 수 있는 사람들이 되었을 테니, 이후로는 더 행복하고 안정적으로 만날 수도 있겠다는 상상이었다. 물론 그 헛된 상상은 상상으로만 그쳐서, 낙담에 낙담을 더할 뿐이었지만.

*

계절은 당황스러울 정도로 빠르게 얼굴을 바꾸고, 사람들은 어울리는 옷을 찾지 못해 며칠은 당황스러워했다. 아현은 작은 니트 조끼를 입고 위에 갈색 머플러를 둘렀다. 그 위로는 늘 그랬듯 같은 색 같은 디자인의 재킷을 입었다. 계절별로 많이 죽는 사람들의 나이대와 특징을 분석할 수 있게 되는 것은 반갑지도 반갑지 않지도 않은 일이었다. 아마 조금 더 추운 나날이 찾아오면, 죽는 사람들의 연령대도 조금 더 올라갈 것이었다.

아현은 새로운 누군가를 만나 밥을 몇 번 같이 먹었다. 나이가 지긋한 동료 장례지도사의 조카라고 했다. 아현과는 또래라고 했고 이름만 들으면 누구나 아는 회사에서 전산 업무를 하는 사람이라고 했다. 직업도 번듯하고 생긴 것도 괜찮고 성격도 모난 데 없고, 그러므로 아무한테나 소개 안 시켜주는 건데 아현 아가씨라서 소개해 주는 거라며. 그러니 잘해보라며.

아현 역시 처음 만나 마주 앉은 순간부터 알 수 있었다. 유별난 사람이 아니고서는, 바보가 아니고서는 누구라도 마음에 들어 할 만한 사람이라고. 누군가는 마음에 품고 지독하게 좋아할 만한 사람일 수도 있겠다고. 아현 역시 그 사람이 싫지 않았고 가끔은 남자로서의 든든함과 매력 역시 느껴졌기에, 이후의 식사 자리 역시 쭈뼛거리며 수락한 거였다.

하지만 전처럼 마음을 터놓고 술잔을 나누거나, 언젠가 누군가들에게 그랬듯 함부로 그의 집으로 가는 일은 하지 않았다. 그저 자기 앞에 놓인 접시를, 그 접시 위의 음식을 내려다보고 또 썰어서 씹으며, 오늘 했던 일과 오늘 만났던 사람들에 대한 말들을 중얼대기만 했다.

그러면 그 사람은, 이게 내가 보여줄 수 있는 극한의 상냥함이라는 것처럼, '그랬구나.'라고 대답하는 거였다. 아현은 그랬지요, 다시 대답하며, 그래도 목소리는 그다지 좋은 편이 아니라고 생각할 뿐이었다.

어떤 하루는 집으로 가는 길에 창문이 하나만 밝혀진 건물을 쳐다보았다. 제법 건실한 중소기업이 사옥으로 사용하는 것으로 보이는 건물이었는데, 다른 곳의 불은 다 꺼져 있었지만, 사 층 혹은 오 층쯤으로 보이는 높이의 어느 한 지점에만 불이 켜져 있었다. 그리고 그곳 창가에는 단 한 사람이 앉아서, 책상 위에 있는 무언가를 응시하고 있었다.

어쩌면 무언가를 응시하는 게 아니라 그냥 멍때리고 있는 걸 수도 있겠다, 그렇게 생각하며 아현은, 발걸음을 멈추고 멋대로 그 사람의 흉내를 내기 시작했다.

"아아, 외로워. 이곳에 숨 쉬고 있는 사람은 정말 나밖엔 없겠지. 내가 아무리 소리를 질러도 누구도 대꾸하지 않겠지. 아니야, 유난은. 분명 다른 층 어딘가에는, 나처럼 앉아 있는 사람이 반드시 한 명은 있을 거야."

아저씨, 유난이 아니에요. 아저씨는 정말로 그 건물에 혼자 있다구요. 그 한마디를 덧붙이곤 아현은 다시금 집으로 향했다. 오늘 만난 죽은 사람들도 아현을 많이 힘들게 하긴 했지만, 그렇다고 해서 누구를 만날 수도 그 사람에게 의지할 수도 없는 일이었다. 쓸데없이 누구를 만날 바에 악몽에 시달리는 일이 이제는 차라리 낫다고 생각했다. 유난이라고 생각했다.

아현은 그렇게 착실하게 집으로 돌아가 잠을 청했고, 아침에는 2분 간격으로 맞춰둔 알람음을 세 번 듣고서야 잠에서 깨곤 했다. 도착한 전철역 앞에서 그날의 첫 담배를 피웠고 개찰구를 지나 계단을 내려오면 마주치는 자판기에서 피로회복제를 뽑아 마셨다. 고된 하루를 마치면 남대문시장에서 한 번에 다섯 병을 사다 둔 보드카를 두세 잔 마시곤 억지로 잠을 청했다. 그러다 담배가 다 떨어졌음을 깨달았을 때, 피로회복제에 빨간색 품절 불빛이 들어와 있을 때, 전철을 놓쳤을 때, 술에 애매하게 취해 잠이 오지도 않고 그리움만 스멀스멀 몰려올 때는, 잠깐 풀 죽은 표정을 짓다가, 누군가의 기가 막힌 웃음을 따라 해보기도 하였다.

범지구적 기념일과 국가적 행사들이 이어졌다. 어느 모임의 창립 기념일과 개개인의 특별한 날들이 뒤죽박죽 뒤섞였다. 월드컵 조별 예선 마지막 날에는 대한민국 선수가 넣은 마지막 한 골로 16강 진출에 성공해, 서울 곳곳의 먹자골목과 광장은 시끄럽지 않은 곳이 없었지만, 장례식장은 그날도 쉬지 않고 그곳의 일을 해야만 했다. 폭설로 사람과 차가 모두 멈춘 날에도 호텔은 분주했고 월요일에도 여유롭게 조식을 먹으러 나온 사람들이 넘쳐났다. 전에 없던 전염병이 창궐했을 때, 축제 날에 수십 명이 깔려 죽었다는 소식이 들려왔을 때, 크리스마스에, 추석 연휴에도, 장례식장과 호텔은 묵묵히 일하기만 했다.

백신의 주변에는 행복한 사람들이 넘쳐났다. 바깥의 슬픔과 참사는 신경 쓰지 않는 무심하고 행복한 사람들이 있었고 백신은 그들에게 웃으며 고개를 숙였다. 아현의 주변에는 그 아픔과 죽음의 당사자들이 넘쳐났다. 힘껏 슬퍼하는 사람들이 있었고. 아현은 그들에게 도와드릴 일이 더 있느냐며 물었다. 그렇게 많은 사건 사고와 이벤트 속에서 시간은 착실히 흘렀다. 그러는 동안 아현은 전보다는 울지 않게 됐고 백신은 그림을 그리는 날이 줄어들었다.

하지만 아현은 종종 생각했다.
나와 백신의 사랑은 아직 끝나지 않았다는 생각.

종종 병원의 일로 본관을 찾을 때마다, 이상하리만치 백신이라는 두 글자가 눈에 들어오는 순간이 많았다. 그 두 글자는 주로 새로운 약품과 예방약을 홍보하는 게시판에서 잘 보였다. "사랑하니까 지금 달려가세요."라는 안내 문구와 그 밑에 적힌 알 수 없는 알파벳과 숫자, 그리고 백신이라는 두 글자. 아현은 그게 꼭 자신과 백신이 아직 이어져 있다는 뜻으로 여겨지는 거였다. 그가 지금 어디에서 뭘 하고 있는지는 알 수 없지만, 지금의 내가 그런 것처럼 그 역시 나를 사랑하고 있다고, 그러므로 내가 있는 곳으로 달려오고 싶을 거라는 뜻으로.

애초에 백신이라는 단어는 병원이라는 공간에서 하루에도 수천 번은 발음되는 말이라고, 그러니까 너무 억지로 끼워서 맞추는 게 아니냐고 누군가가 말한다고 해도 상관없었다. 그건 아현에게만큼은 신호가 맞았으니까. 그저 우연의 일치이고 사실은 그러한 영혼적인 게 없더라도, 느끼는 사람이 어떤 사물이나 장면으로부터 어떤 마음과 기분, 누군가의 흔적 같은 것을 찾아낸다면 거기에 비로소 의미가 있는 것이라고. 그러니까 나는 그가 여기에 있다고 믿는 거라고, 떳떳하게 말할 수 있었다.

백신이 아닌 남배우가 웃음 짓고 있는 포스터를 바라보

며, 예쁘게 웃던 백신을 떠올렸다. 침대 위에서 찡그리던 백신을, 절정을 맞던 백신을 떠올렸다. 가만히 자신의 수다를 감당하던 백신을 떠올렸다. 그랬구나 대답하는 백신을, 문을 열며 식물처럼 기뻐하는 백신을, 세상에서 가장 예쁘게 죽은 사람처럼 잠든 백신을 추억했다. 너는 강하다. 너는 옛날의 네가 아니고 많이 괜찮아졌다. 세상에 이상한 사람 참 많고 우리는 우리라서 조금 괴로운 건데 그래도 너와 내가 아니라 우리가 돼서 다행이다. 원래 사람은 어느 한 부분이 반드시 가난하다. 그 사람이 다치거나 불행해지거나 죽은 건 네 잘못이 아니다. 어딘가에 반드시 네 사람이 있다. 그리고 가능하다면 그게 나라면 좋겠다. 늦어도 좋으니 뒤늦게나마 솔직하게 움직이다 보면, 네 속도와 네 사건은 네 앞에서 문을 열어줄 것이다. 그런 말들을 체하지 않도록 꼭꼭 씹어서 뱉어주는 백신을, 포스터를 보면서 오래오래 추억했다.

백신

신경이 쇠약해져서였을까. 백신은 꿈에서 이상한 사람을 보는 날이 많아졌다. 언젠가의 꿈에서 봤던 것 같은, 억울하다는 듯한 표정을 지은 사람이 백신과 아현을 하염없이 따라다니고 있었다. 그때마다 백신은 반가움과 의아함을 동시에 느꼈다. 아현과 나는 이미 헤어진 지 오래인데, 아직도 꿈에서는 함께라는 것이 어색했다.

그러다가 일순간, 마치 중국의 변검처럼 그 남자는 험악한 얼굴로 탈바꿈하고는, 무턱대고 꿈속의 사람들을 향해 주먹을 휘두르는 것이었다. 백신은 다른 사람들은 다 괜찮더라도, 자신이 맞는 건 맞더라도, 거기에 있는 아현만큼은 화를 입지 않게 하려고 늘 안간힘을 써야만 했다.

그런 꿈을 자주 꿀수록, 꿈속의 남자에게 두들겨 맞는 횟수가 많아질수록 백신은 불안해졌다. 그것은 이제 단순한 꿈이 아닌 어떠한 징조처럼 느껴지기까지 했다. 지금도 어딘가에서, 이 꿈과 관련된 일이 벌어지고 있는 거라는 징조. 어쩌면 아현에게까지 영향을 끼칠 수 있는, 아주 불길한 징조.

한 번은 동료인 규정에게 이에 대해 조심스레 털어놓은 적도 있었다. 저쪽에서 먼저 안색이 좋지 않다며 물어봐준 덕분에 그럴 수 있었다. 규정은 백신의 이야기를 잠자코 듣더니, 세상의 비밀이라도 알아낸 것처럼 신나게 무언가를 말하기 시작했다.

“이거 그거네 그거. 디스맨.”

“디스맨?”

“네. 디스맨이 뭐냐면요, 영어 그대로 This man, 이 남자라는 뜻이거든. 전 세계 사람들이 꿈을 통해서 똑같이 생긴 남자를 목격한다는 거야. 이 남자의 정체도, 왜 사람들의 꿈에 나타나는지도 몰라. 근데 그냥 무작위로 같은 얼굴을 한 남자가 나타나는 거지. 얼굴 어떻게 생겼는지 기억나? 인터넷에다가 지금 한번 쳐봐요. 거기에 얼굴 있을 거야."

그런 사람이 설마 있으려고. 백신은 반신반의하며 검색창에 디스맨을 쳐보았지만, 거기에 나타난 얼굴은 백신이 꿈속에서 본 얼굴이 아니었다. 그 얼굴은 이 얼굴보다도 훨씬 더 특징 없는 얼굴이었다. 심지어 조금 더 찾아보니, 이 디스맨이라는 건 결국 누군가가 만들어낸 도시괴담에 불과했었다는 것. 믿을 사람을 믿어야지. 백신은 규정을 흘겨보며, 도움을 줘서 정말 고맙다는 말을 던졌다. 규정은 멋쩍어하며, 걱정되니까 그러지, 라고 대답했다. 고맙긴 고마웠지만, 좋지 않은 예감은 전혀 가시지 않았다. 시간은 밤 아홉 시, 한 시간 뒤면 오늘의 근무도 다 끝이 날 것이었지만, 당장이라도 무슨 일이 생길 것만 같은 밤이었다.

아현

그런 날이 있었다. 뭔가 다른 날. 묘하게 곳곳이 뒤틀린 것 같은 날. 그런 날에는 시간을 맞춰서 오던 버스도 도통 나타나질 않다가 같은 노선의 다음번 버스와 연달아 나타났고 하필 하품하는 그 순간에 하루살이가 입에 들어가기도 했다. 유족 앞에서 몇 번이나 혀를 헛디뎠고 고인들의 수의를 헷갈려버리는 아찔한 순간도 있었다.

오늘도 그런 날이었다. 전날부터 이어진 당직 근무를 겨우 마치고 퇴근을 앞두고 있을 때 날벼락이 떨어졌다. 교대자가 나타나지 않았다. 얼른 이것저것 인수인계를 해야 집에 가서 널브러져 잘 수 있었는데, 이런 경우는 한 번도 없었기에 멀뚱멀뚱 한참을 서 있어야 했다. 겨우 그와 연락이 닿았을 때, 그는 수화기 너머에서 다 죽어가는 목소리를 내고 있었다. 간 수치가 높다는 말을 종종 주고받았었는데, 그게 기어이 터져서 응급실에 들어가 있는 모양이었다.

이미 당직과 한판 싸운 처지에서 그의 당직을 전부 떠맡는 것은 체력적으로 절대 무리였기에, 하는 수 없이 아현과 다른 동료가 나누어 그의 빈자리를 메우기로 했다. 점심 이전에 진작 했어야 했던 퇴근 시각이 난데없이 밤 아홉 시로 늘어나버렸다. 어쩌겠어. 아프려고 아픈 것도 아니었을 텐데. 아현은 도로 책상에 앉아 뻑뻑해진 눈을 굴려댈 수밖엔 없었다.

*

이것저것 마무리하고 나니 밤 열 시였다. 너무도 뒤늦게 집으로 가는 길이었다.

착각하고 있는 게 아니라면, 또 너무 예민하게 구는 것도 아니라면, 분명 누군가가 아현의 뒤를 쫓고 있었다. 어제오늘 재수가 안 좋더라니. 끝까지 시달리게 할 셈이었나 보다. 제대로 얼굴 한 번 보지 못했지만, 아현의 뒤를 쫓는 사람은 아주 노골적이고도 뻔뻔하게 미행을 수행하고 있었다. 이미 발각되었다는 걸 다 알면서도 은밀하게 쫓아오는 시늉을 하고 있었던 것이다. 애초에 붐비는 거리도 아니었지만, 오늘따라 유독 사람도 차도 없었다. 그 사람이 가까워져 왔다. 아현을 도와줄 사람은 없었다. 이렇게 죽나. 분명 죽거나 다치겠지. 아니면 최소한 험한 꼴이라도 당하겠지. 타인의 죽음은 그렇게도 많이 목격해왔으면서 정작 내가 어떻게 죽을지는 상상하지도 예상하지도 못했었는데. 이렇게 죽는 거였다.

만약 평소와 같은 시각에 정상적으로 퇴근했다면 달랐을까. 너무 피곤하니까 택시를 타고 가기로 결정했다면 달라졌을까. 이렇게 된 김에 술이라도 한잔했다면 저 사람과 마주칠 일이 없었을까. 헤어진 처지에서 조금 우스운 가정이긴 하지만, 내가 지금 혼자가 아니라 백신과 함께였다면 달랐을까. 아마 그랬을지도 모르지. 살지 않았을까. 이 순간을 무사히 넘기고, 살아서 또 그런 사람을, 그 사람을 만날 날이 있을까. 그러게 왜 그랬어. 그렇게 살지 말 걸. 정말 이렇게 죽나.

돌연 뒤에서, 으억, 소리와 함께 무언가가 나뒹구는 소리가 들려왔다. 아현은 새삼스럽게 화들짝 놀라서 얼른 뒤를 돌아보았다.

거기엔 어떤 남자와 백신이 널브러져 있었다. 남자는 위아래로 검은 운동복을 입고 있었다. 백신이 숨을 씩씩 내쉬며 남자의 앞섶을 쥐어뜯고 있었다. 한동안 안 봤다가 봐서 낯선 걸까. 그새 낯설어진 걸까. 백신은 생전 처음 보는 표정을 짓고 있었다.

"너 뭐야? 뭐 하는 새낀데 자꾸 따라와?"

남자는 멍하게 서 있는 아현과 눈앞의 백신을 번갈아 보고는, 이내 눈을 질끈 감으며 몇 음절을 뱉기 시작했다. 백신이 더 빨갛게 성을 내며 그를 재촉했다. 뭐라고? 똑바로 말해. 죽여버리기 전에.

"죄송합니다."

"뭐가 죄송한데. 너 내가 똑바로 말하라고 했다."

아현은 지금 벌어지는 상황이 무슨 상황이었든 간에, 조금은 백신을 진정시켜야 한다는 생각이 들어 조용히 그를 불러세웠다. 그 이름을 부르는 것도 꽤 오랜만이었다.

"백신아. 일단 괜찮으니까 들어보자. 뭐가 죄송해요? 나한테 뭐 잘못했어요? 왜 말을 못 해요."

"가족 같아, 아니, 가족이에요."

"뭐라고요?"

"유가족이요."

"누구 유가족이요?"

"선생님 장례식장에 있었던 사람, 무연고 처리된 김이례 씨요."

"김이례 씨요? 그 사람 가족이라고요?"

눈앞의 상황을 이해하지 못해 넋을 놓고 있던 아현이 급하게 되물었다. 남자가 고개를 끄덕였다. 여전히 목소리는 기어들어가고 있었지만, 분명한 발음으로 아들이라고도 덧붙였다.

그 이름은 아현이 아는 이름이었다. 기억 그대로라면, 60대 무연고자 여성. 자녀와 연락이 닿긴 닿았으나, 경제적으로 형편이 되지 않아 장례를 포기해야 했던 사람이었다. 그런데 그 사람의 유족이, 약식 장례이긴 했지만 장례를 치른 지 한참이 흐른 뒤에야 나타난 건 무슨 일인가. 내가 은연중에 무언가를 잘못하기라도 했었던가. 아현은 단 하나도 명확해지는 것이 없어서 얼른 되물었다.

"김이례 씨 아드님이 여기는 왜요? 그리고 저는 또 왜요? 내가 뭘 잘못했어요?"

남자는, 특징 하나 없이 밋밋했던 얼굴을 잔뜩 구기며 이렇게 말하는 것이었다.

"엄마 얼굴을 마지막으로 본 게 선생님이셔서요. 그래서 궁금해서요."

"궁금해서요?"

"엄마는 괜찮았는지."

"어머니가 괜찮으셨는지."

"편하게 갔는지. 어떤 얼굴이었는지. 그런 게…."

아현은 잠시 말을 멈추고, 숨 쉬는 것도 멈추고는, 한동안 눈을 감았다. 해야 할 말을 고르는 것 같은 눈치였다.

그 사이 백신도 가쁘게 쉬던 숨을 조금은 진정시킬 수 있었다. 다시 닿았다는 안도감과 여전한 긴장감이 뒤섞인 혼란스러움은 여전했다.

"솔직한 이야기를 원하나요, 마음이 편해지는 이야기를 원하나요."

"솔직한 이야기를 원합니다."

"어떤 표정으로 돌아가셨는지를 파악할 수 없었습니다. 이쯤에 얼굴이 있었겠거니, 추측할 수는 있었지만, 식별할 수 있는 표정이라는 게 없었으니까요."

남자는 그 말의 의미를 한동안 이해하지 못하는 듯하다가, 이내 망연한 표정을 짓기 시작했다. 울지도 고통스러워하지도 않는 뻥 뚫린 듯한 표정. 백신은 그 뻥 뚫린 듯한 감각을 알고 있었다. 눈물보다 눈물겨운 표정. 상실감 그 자체라고 이름을 지어야 할 법한 표정. 명치께가 케이크 반경으로 뚫려버린 것만 같은 감각. 물론 그의 모든 사연과 사정을 다 알 수 있는 것은 아니었다. 장례비 몇백만 원을 구하지 못해서 어머니의 장례를 포기해야 했던 사정은 무엇이었는지. 어떤 가난과 고독이 그를 겹겹이 둘러싸고 있었을지. 죽음으로부터 몇 주 그리고 몇 달을, 그 죽음을 마지막으로 목격했다는 이유만으로 누군가를 집요하게 따라다녀야 했던 마음은 어떤 마음이었을지에 관해. 그래도 사람이라면, 이쪽에서 무슨 말이라도 해줘야 하는 걸까. 돌연 조금 전까지 그를 격하게 대한 게 미안해지기 시작했다. 그때 아현이 담담한 표정으로, 그러나 눈에서는 투명한 것 몇 방울을 흘리면서 한마디 말을 덧붙였다.

"하지만 이렇게까지 집요하게 당신의 마지막 흔적을 쫓은 아들이 있다는 걸 아신다면, 당신께서도 분명 지금에라도 뒤늦게 웃고 계시지 않을까요."

남자는 그 말을 듣자마자, 이제부터 본격적으로 울어보겠다는 듯이 어깨를 들썩대기 시작했다. 백신은 조금 전까지 그를 뒤흔들던 손을 들어 그를 토닥이려 했다.

그리고 그때였다.

무언가가 반짝였다. 가로로 길게. 저것은 유성인가 빠르게 지나가는 자동차의 불빛이었나. 아현이 보기엔 그 무엇도 아니었다. 가로로 길게 그어지는 빛은 유성보다도 자동차보다도 가까운 곳에 있었다.

누군가의 타임라인

08:00	아침이 밝았다.
	컨디션도 매우 좋다.
	드디어 오늘이다. 준비는 다 됐다.
	연습도 이 정도면 충분한 것 같고.
	슬슬 움직여볼까.
12:22	맛있다.
	특별한 날에는 가장 좋아하는 음식으로
	점심을 장식하고 싶었다.
	이 가게는 통창으로 들어오는 햇볕이 예쁘다.
	그리고 저 친구.
	골목에 풀어놓고 키우는 것 같은 고양이도 귀여워.
12:24	진짜 귀엽다.
	쟤로 한 번 더 할까?
	아니. 오늘은 중요한 날이잖아.

18:10	파악은 다 끝났다.
	신호가 어떤 순서대로, 몇 분 간격으로 바뀌는지.
	어떤 경로로 움직여야 최대한 빠르고 부드럽게
	이동할 수 있는지도.
	그런데 오늘 사람이 왜 이렇게 없는 거야. 더 기다려볼까.
21:55	더는 못 기다려. 무조건 오늘이어야 한다.
	곧 시작된다.
22:05	한 명 성공.
	확실히 죽인 건지 아닌지는 모르지만,
	데뷔치고는 훌륭했어.
	사람은 이런 감촉이구나.
22:07	한 명 더.
22:09	이제 저쪽으로 가면 사람이 없을 텐데.
	반대쪽으로 가야겠다. 저기 한 무더기 있네.
	괜찮아. 이길 수 있을 거 같아.

가로로 길게 휘두르자.

아현

빛 한 줄기가 가로로 길게 그어진 뒤로, 뒤늦게 지독한 비린내가 코를 찌르기 시작했다. 거기엔 또 다른 한 사람이, 백신도 아현도 운동복의 남자도 아닌 한 사람이 서 있었다. 그의 손에 번쩍이는 게 들려 있었다. 거기엔 이미 누구의 것인지 모를 피가 묻어 뚝뚝 떨어지고 있었다.

아현으로부터 가장 먼 곳에, 그리고 그 낯선 사람과는 가장 가까운 곳에 서 있던 백신이 두 손으로 목을 부여잡은 것은 고작 몇 초가 지난 뒤였다. 빨간 액체가 바닥에 후드득 떨어지고 있었다. 아현은 아무런 표정도 짓지 않은 채로 지금 눈앞에 벌어지고 있는 상황을 이해하려 해봤지만, 그건 좀처럼 이해할 수가 없는 상황이었다.

백신이 한 손으로는 목을 부여잡고, 다른 한 손으로는 그 남자의 손에 들린 빛나는 물체를 붙들고, 분노와 절망이 뒤섞인 듯한 소리를, 동물 같은 소리를 지를 때쯤이 돼서야 아현은 정신을 차릴 수 있었다. 주변의 소음들이 하나둘씩 들려오기 시작했다. 누군가는 소리를 지르고 있었고 저 멀리서는 사이렌 소리가 들리는 것 같기도 했다. 남자들의 우악스러운 목소리가 점점 커졌고 의자가 날아들었다. 누군가가 카페 테라스에 있던 의자를 집어던지며 그 남자를 제압하려는 모양이었다. 남자가 나동그라지고, 몇 명의 사람들이 그를 에워싸기 시작했다. 백신은 한 손으로 여전히 목을 부여잡은 채로, 그 자리에 주저앉아 있었다. 피가 너무 많이 나고 있었다. 일할 때나 자주 마주치곤 했던 파란 얼굴이 거기에 있었다.

백신

그 얼굴이었다. 꿈에서 지독하게 보였던 얼굴. 로비 유리창을 사이에 두고 맨 처음 아현을 봤던 날, 아현의 일행이라고 착각했던, 아현을 따라오고 있던 그 얼굴. 백신은 손으로 자기 이마를 사정없이 후려쳤다. 그 얼굴이 꿈의 그 얼굴이라는 걸 나는 왜 눈치채지 못했을까.

특색 없는 얼굴을 지닌 남자가 그때와 마찬가지로 아현을 뒤따르고 있었다. 너무도 멀리에 있었지만, 그 여자는 분명 아현이었다. 무슨 일인지는 알 수 없지만, 분명 무슨 일이 벌어지고 있었다.

백신은 규정에게 나중에 다 설명할 테니 교대 좀 알아서 잘 부탁한다고 말하곤 얼른 로비를 뛰쳐나갔다. 근무복을 입은 그대로였다. 옷을 갈아입을 여유 같은 건 없었다. 아현과 남자는 벌써 저만치 멀어지고 있었다.

누구는 미친 사람이라고 생각할 수도 있겠으나, 이런 심증뿐인 결단과 행동이 무모하게 비치거나 민폐로 여겨질 수도 있었겠으나, 그래도 그 혹시 싶은 일이 일어나서는 안 되는 거였다. 누구에게나 목숨은 한 개인데, 아무리 죽음을 밥 먹듯이 목격하는 사람 역시 죽음은 두려울 텐데, 그토록 자신이 사랑했고 안 보이는 곳에서 늘 상냥했던 사람이 그렇게 잘못돼 버리면 안 되는 거였다.

씩씩대며 남자에게 몸통 박치기를 하고, 딱한 자초지종을 듣고 났을 때쯤, 뒤에서 또 다른 인기척이 느껴졌다. 그때 이미 백신은 알고 있었다. 그만큼이나 순수한 살의도 드물었다.

진짜는 내 앞에 있는 이 남자가 아니라 내 뒤에 있는 사람이었구나. 운동복을 입고 흐느끼는 남자의 너머로 아현이 보였다. 일이 어떻게 된 건지는 나중에 이야기하더라도, 먼저 아현을 지켜야 했다. 가장 간결한 동작으로 뒤를 돌아봤다. 그 순간 무언가 뜨거운 게 백신의 목을 가로로 스쳤다.

뚜껑을 열어둔 채로 거꾸로 뒤집은 물병이 그런 것처럼 너무도 빠른 속도로 무언가가 목을 통해 빠져나가기 시작했다. 아마도 자신의 피였을 것이다. 이렇게 죽을 수도 있구나. 왠지 조금 나른한 것 같기도 했다.

아현을 살려야 했다. 꿈에서 몇 번을 두들겨 맞더라도 아현은 끝끝내 지켜냈던 것처럼 그래야 했다. 한 손으로 목을 틀어막고 다른 한 손으론 그 사람의 칼을 쥐어 잡았다. 그리고 온 힘을 모아 소리를 질러댔다. 자신은 이미 당한 처지였기에 맞서 싸울 수는 없었다. 사람이 필요했다. 주목이 필요했다. 그 방법밖엔 떠오르지 않았다.

잠깐 눈을 감았다 떴을 때는 눈앞으로 아현의 얼굴이 분주하게 오가고 있었다. 백신이 잘 아는 그리기 좋은 무표정이었다. 하지만 나만 구별해낼 수 있는 나만의 아현의 무표정. 저 무표정은 어떤 무표정. 할 말이 많은 무표정일까. 아니면 슬퍼하는 무표정일까. 어쩌면 처음 보는 무표정일지도 모르겠다.

네가 어떤 죽음을 맞든.
언제 어디서 어떻게 죽든.
내가 씻겨줄게. 옷 입혀줄게.

가만히 생각해보면, 그건 정말로 내가 태어나서 들은 고백 중 최고의 고백이었는데. 정말 그렇게 해주려나. 그래 주면 좋겠는데. 나도 꼭 전해야 하는 말이 있었던 것 같은데.

백신과 아현

세계가 만들어진 이후로 그 무엇도, 누구도 소멸하거나 죽지 않는 날은 없었다. 아마 신이 최대한으로 힘을 쓴다고 해도 그날 어쩔 수 없이 한두 명쯤은 죽어버리고 말 것이었다. 그러므로 사람이 태어나는 곳만큼이나 사람이 죽는 곳, 사람의 죽음을 기리는 곳은 단 하루도 쉬는 일이 없이 굴러갈 수밖에는 없었다.

오늘의 근무를 마친 아현이 미묘한 표정으로 장례식장을 나선다. 그리곤 잠깐 그곳을 돌아보았다. 특유의 차분한 색과 향기가 저 유리문 안쪽으로 길고 깊게 이어지고 있었다. 이곳에서도 참 많은 일이 있었다. 잠깐 생각에 잠겼다가, 병원 본관이 있는 방향을 향해 발걸음을 돌렸다.

행정 업무를 하는 직원들과는 거의 한 식구 또는 친척과도 다름이 없었기 때문에 자연스레 인사를 주고받았다. 직원 한 명이 친밀하게 말을 걸어왔다. 오늘 서류 전달할 거 있어요? 아니면 위에?

위에요. 아현이 대답하니 직원은 웃으며 고개를 끄덕였다.

아픈 사람은 그곳에 정말 많기도 많았다. 이들에게도 다 나름의 사연과 사정이 있을 것이었다. 그리고 아현은 더는 자신을 스쳐 간 가난과 불행을 특별하게 여기는 사람이 아니었다. 그녀의 삶 역시 이곳에 있는 사람들의 그것과 별반 다르지 않았으며 앞으로도 그럴 것이라는 걸 이제는 알고 있었다.

병동 복도를 계속 걸으며, 아현은 생각했다. 그러면 나는 무엇을 지향했던 걸까? 어떤 삶을 그토록 바랐던 걸까? 무엇이 나에게는 성공이었을까? 내 주변에서 일어났던 몇몇 죽음들로부터 자유로워지는 것? 그러므로 무의미한 책임감을 이제는 편히 내려놓는 것? 조금은 아이처럼 웃을 줄도 알게 되는 것?

그렇다면, 백신이 지향했던 건 또 뭐였을까? 허무의 끝? 행복? 누군가와의 결혼? 사람을 믿게 되는 것? 어쩌면 조금 더 사람다운 사람이 되는 것? 가끔은 솔직하고 노골적으로 짜증도 내고 질투도 해보는 것? 알 수 없었다. 그건 세월에 가까울 정도로 긴 시간을 들여, 당사자에게 물어보고, 돌아온 대답을 오래 곱씹어 해석해야만 알 수 있는 것들이었다.

아현이 어느 4인 병실 앞에서 발걸음을 멈춘다. 문을 열기 전에 잠깐 심호흡하고, 문 옆에 붙어있는 환자 명단을 바라보았다. 거기에 아주 친숙하고 사랑스러운 두 글자, 백신이 적혀있었다.

문을 열고 들어간 곳에는 창밖을 보고 있는 백신이 있었다.
백신이 인기척을 느끼고 뒤를 돌아보았다.
이미 알고 있었다는 듯 돌아보는 순간부터 그는 웃고 있었다.

백신이 웃고 있었고 그의 앞에서는 아현이 마찬가지로 웃고 있었다.

두 사람의 미소는 어딘지 모르게 닮아 있었다.

작가의 말

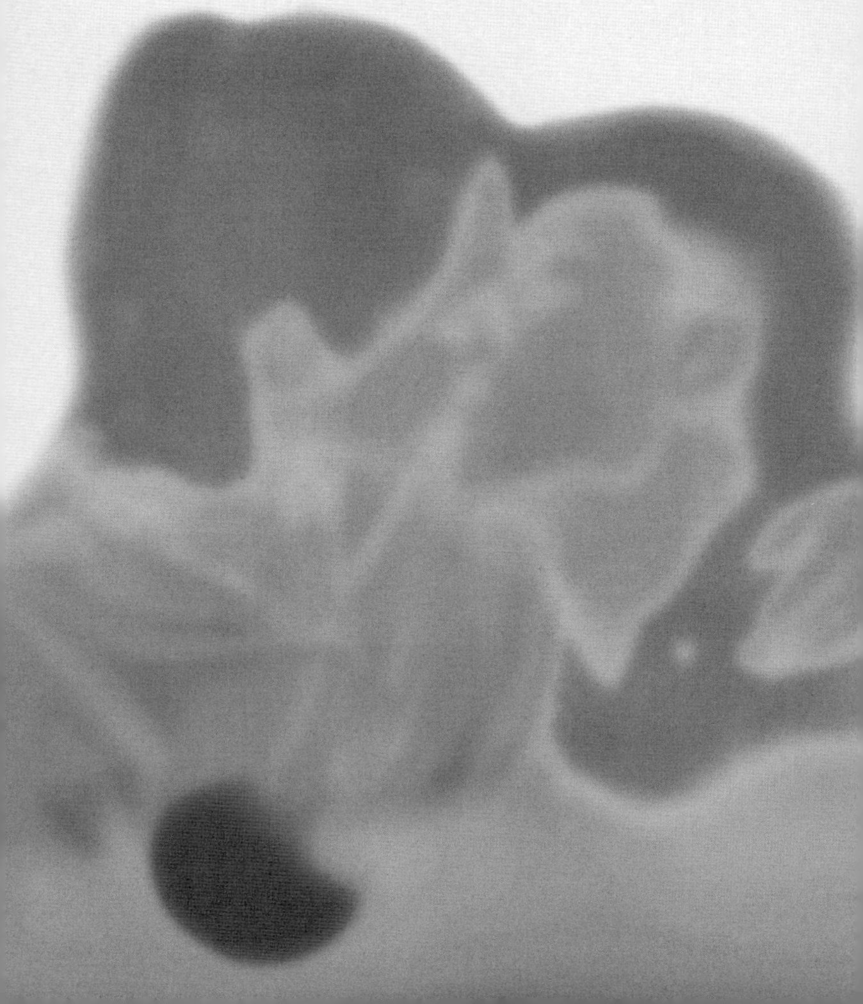

언젠가 어디선가 독특한 사랑 고백을 본 적이 있습니다. 정확하게 기억나는 건 아니지만, 그리고 다시 찾아보려니 찾을 수도 없게 되었지만, 말의 어감으로 보아 중동이나 동유럽 쪽의 고백 같았습니다.

"나를 묻어주세요."라는 말이었습니다. 내가 가장 사랑하는 사람은 당신이니, 나의 죽음을 다른 누구도 아닌 당신이 맡아달라는 뜻. 나는 도저히 당신의 죽음을 볼 용기가 나지 않으니, 부탁하건대 당신이 당신보다 먼저 죽은 나의 죽음을 떠맡아달라는 뜻이었습니다. 처음 이 고백을 접했을 땐 그다지 공감하지도, 감동받지도 않았었는데요.

요 몇 년은 죽음이 꽤 가까이에 있었습니다. 내 생명이 위태로운 건 아니었지만, 내 주변에 있다가 떠난 사람도, 얼굴 한 번 본 적 없지만, 세상에 이런 죽음이 있어도 되는가, 싶은 죽음을 맞은 사람도 많았습니다. 유독 결핍이 더 크게 다가왔고 별것이 다 아팠으며 그게 좋은 것이든 나쁜 것이든, 어떤 표정을 자유롭게 짓는 게 괜히 무서웠습니다. 그리고 그건 비단 나만 통과하고 있는 시간들이 아니었더군요.

나를 묻어주세요, 라는 고백의 말을 이제는 이해하고 긍정합니다. 나를 둘러싼 세계나 나의 사랑이 죽음을 맞음으로써 완전하게 끝나버리는 게 아니라, 죽음 이후에도 서사처럼 역사처럼 계속될 거라고 믿는 일을 언제까지고 응원하고 싶습니다. 어쩌면 죽음에 대한 두려움과 사납게 몰아치는 시대를 돌파할 수 있는 비밀도 그 믿음 안에 있는 건지도 모르겠습니다. 사랑은 계속될 거라는 믿음. 나는 절대로 당신을, 당신들을 잊지 않겠다는 잔잔한 약속. 그런 것들을 발견하고 마음에 품으면서 우리는 점점 우리의 표정을 되찾고 웃을 수도 있게 될 것입니다.

모두에게 축복받지는 않더라도 둘이라서 충분한 사랑을 하시길, 또 그 사랑에는 체크아웃이 영영 없기를 바라면서.

2023년 11월, 서울에서

오휘명

너의 얼굴이 궁금해

초판 1쇄 발행 • 2023년 11월 15일

지은이 • 오휘명
마케팅 • 박근호 강진석
디자인 • 유서희
펴낸이 • 박근호
펴낸곳 • 도서출판 히읏
제작처 • 책과 6펜스
출판등록 • 2020년 4월 28일 제 2020-000109호
전자우편 • heeeutbooks@naver.com

ISBN • 979-11-92559-78-0(03810)